| 中国当代研学丛书 |

诗词

古典诗词欣赏

姚国军 | 主编

图书在版编目（CIP）数据

古典诗词欣赏／姚国军主编．—北京：中央编译出版社，2020.3
ISBN 978-7-5117-3777-9

Ⅰ．①古⋯
Ⅱ．①姚⋯
Ⅲ．①诗歌欣赏—中国
Ⅳ．① I207.2

中国版本图书馆 CIP 数据核字（2019）第 285877 号

古典诗词欣赏

出 版 人：	葛海彦
责任编辑：	杜永明
执行编辑：	周　毅
责任印制：	刘　慧
出版发行：	中央编译出版社
地　　址：	北京西城区车公庄大街乙 5 号鸿儒大厦 B 座（100044）
电　　话：	（010）52612345（总编室）　　（010）52612339（编辑室）
	（010）52612316（发行部）　　（010）52612346（馆配部）
传　　真：	（010）66515838
经　　销：	全国新华书店
印　　刷：	三河市华东印刷有限公司
开　　本：	710 毫米×1000 毫米　1/16
字　　数：	155 千字
印　　张：	14.5
版　　次：	2020 年 3 月第 1 版
印　　次：	2020 年 3 月第 1 次印刷
定　　价：	93.00 元

网　　址：www.cctphome.com　　　邮　　箱：cctp@ cctphome.com
新浪微博：@ 中央编译出版社　　　　微　　信：中央编译出版社（ID: cctphome）
淘宝店铺：中央编译出版社直销店（http://shop108367160.taobao.com）（010）55626985

本社常年法律顾问：北京市吴栾赵阎律师事务所律师　闫军　梁勤
凡有印装质量问题，本社负责调换，电话：（010）55626985

序

向经典致敬

姚国军

从《诗经》的时代开始,中国诗歌的海洋中不断孕育出晶莹耀眼的珍珠。经典诗词是我们先辈留下的宝贵精神财富,本书的编撰目的就是把这些散佚在各个时代的珍珠串在一起,成为一束文化的珠链,艺术的珠链。

一、何为经典

古人说:"常念为经,常数为典。"我说:"常念为经,常读为典。"经典,应该是经得起盘点,经得起评点,经过时间的检验而成为典范。从一般的"诗"到传诵一时的"好诗",再到名垂后世的"经典诗词",必然经过大浪淘沙的过程。

二、经典的地位与作用

1. 空前绝后

仕途坎坷的陈子昂登上幽州台以后,面对人生的际遇慷慨悲歌,出口成诗一首《登幽州台歌》:"前不见古人,后不见来者。念天地之悠悠,独怆然而涕下。"其中蕴含着大孤独、大悲悯,成为千古经典。如果把这几句用到观察经典的地位上，"前不见古人，后不见来者"就是经典在其所在领域中空前绝后的位置。经典就是一个时代的标杆、一座文化的纪念碑。

2. 承前启后

如果从精神的角度分析，陈子昂"前不见古人，后不见来者"其实是正话反说，包含着对前人的向往，和对后人的期待，换句话说"前追思于古人，后寄望于来者"，想到悠悠不绝的天地万事万物，才泪落如雨。经典就是承前启后的精神纽带，接通古今的文化桥梁。

三、我们怎样对待经典

1. 我们应该善待经典

在诗歌江湖上稳坐"第一把交椅"，狂放不羁，甚至"天子呼来不上船"的李白在登上黄鹤楼上以后，偶然发现了崔颢的题诗。崔颢的《黄鹤楼》并不长，共有八句："昔人已乘黄鹤去，此地空余黄鹤楼。黄鹤一去不复返，白云千载空悠悠。晴川历历汉阳树，芳草萋萋鹦鹉洲。日暮乡关何处是，烟波江上使人愁。"我估计，没用三十秒，李白就读完这首诗，接着陷入沉思，三十分钟之后，带着"羡慕嫉妒恨"的心情说出两句让围观的粉丝们大跌眼镜的话："眼前有景道不得，崔颢题诗在上头。"这就是"诗界大师"对经典的尊重。向经典致敬也应该成为我们当代人应有的态度。

2. 我们应该善用经典

在经典产生之初，伟大的经典创造者并不一定完全意识到经典的潜在价值，而后人在一次次的阅读中都会从经典中获得启示。英国有句谚语：一千个读者就有一千个哈姆雷特。中国有句古语：仁者见仁，智者见智。经典就像是一座富矿，等待后人不断开采，不断掘进。经典也像一棵大树，后人不断地给它施肥浇水，它会愈长愈高，愈长愈大。

李白没有在黄鹤楼上题诗，但在黄鹤楼下江边送别朋友时欣然写下一首名诗《黄鹤楼送孟浩然之广陵》，也成为诗歌经典。诗文如下："故人西辞黄鹤楼，烟花三月下扬州。孤帆远影碧空尽，唯见长江天际流。"李白与挚友在黄鹤楼下的江边分别，必须顶着"崔颢题诗在上头"的巨大压力，为江湖朋友兼酒友的孟浩然作离别留言。"眼前有景怎道得"，我认为，李白潜意识中受到了崔颢的影响，化压力为动力，把崔颢对黄鹤楼的正面描写转换成了侧面描写。这就是传承经典，发展经典，丰富经典，创造经典。

"青青子衿，悠悠我心。经典诗词，传唱至今。"让我们用敬畏之心点亮经典的文化灯塔，用经典的智慧之光照亮通往未来的文化航程。

本书的各章节撰稿者均为我教过的学生，书中错谬之处在所难免，敬请专家学者指正。我的学生王柳婷、冼翠儿、吴剑耀、马金玉、杨春晓、詹潮儿、李祎伟、黄聪、植泽南协助组稿，叶见清负责统稿校对。李乐平教授是我尊敬的一位学者，不仅学术精、造诣深，而且宅心仁厚、古道热肠。李教授应我之邀审阅书稿，提出了宝贵的修改建议。在这些同学和老师的帮助下，本书得以顺利完成。

在本书付梓之际，我谨向关心支持本书出版的各位良师益友、学者专家、热心读者表示诚挚的谢意！

目 录

第一部分 先秦时期

关雎 …………………………………………………《诗经》 3

蒹葭 …………………………………………………《诗经》 6

氓 ……………………………………………………《诗经》 9

君子于役 ……………………………………………《诗经》 12

第二部分 两汉时期

大风歌 ………………………………………………… 刘邦 17

董娇娆 ………………………………………………… 宋子侯 19

上邪 …………………………………………………… 佚名 22

战城南 ………………………………………………… 佚名 24

十五从军征 …………………………………………… 佚名 26

上山采蘼芜	佚名	29
白头吟	卓文君	32
有所思	佚名	35
饮马长城窟行	佚名	38
行行重行行	佚名	42
迢迢牵牛星	佚名	45
李陵与苏武诗	佚名	48
团扇诗	班婕妤	50

第三部分 魏晋时期

观沧海	曹操	55
冬十月	曹操	59
龟虽寿	曹操	61
燕歌行	曹丕	64
七哀	曹植	66
美女篇	曹植	69
咏怀	阮籍	72
西洲曲	佚名	76
归园田居	陶渊明	82

第四部分 隋唐时期

代悲白头翁	刘希夷	87
春江花月夜	张若虚	90
山居秋暝	王维	94

塞下曲	王昌龄	97
望庐山瀑布	李白	99
月下独酌	李白	101
梦游天姥吟留别	李白	104
将进酒	李白	107
阁夜	杜甫	110
春望	杜甫	113
茅屋为秋风所破歌	杜甫	115
赠婢	崔郊	118
题都城南庄	崔护	121
近试上张水部	朱庆馀	123
秋夕	杜牧	125
暮秋独游曲江	李商隐	127
登乐游原	李商隐	130
缭绫	白居易	132
相见欢·林花谢了春红	李煜	136
子夜歌·人生愁恨何能免	李煜	138
渔父	李煜	140

第五部分　宋元时期

苏幕遮·怀旧	范仲淹	145
青玉案	贺铸	147
临江仙·夜登小阁忆洛中旧游	陈与义	149
雨霖铃·寒蝉凄切	柳永	152
浣溪沙	晏殊	155

江城子·乙卯正月二十日夜记梦	苏轼	157
江城子·密州出猎	苏轼	162
水调歌头	苏轼	165
定风波	苏轼	168
醉花阴	李清照	171
一剪梅	李清照	173
点绛唇·闺思	李清照	176
破阵子·为陈同甫赋壮词以寄之	辛弃疾	178
钗头凤	陆游	181
卜算子·咏梅	陆游	184
望海潮	柳永	188
蝶恋花·送春	朱淑真	191
虞美人·听雨	蒋捷	193
一剪梅·舟过吴江	蒋捷	196
蝶恋花·春暮	李冠	199
天净沙·秋思	马致远	201

第六部分　明清时期

桃花庵歌	唐寅	205
木兰花令·拟古决绝词	纳兰性德	208
采桑子·谁翻乐府凄凉曲	纳兰性德	210
琵琶仙·中秋	纳兰性德	212
画堂春	纳兰性德	215
代别离·秋窗风雨夕	曹雪芹	217

第一部分 01
先秦时期

关雎

《诗经》

关关雎鸠,在河之洲。窈窕淑女,君子好逑。
参差荇菜,左右流之。窈窕淑女,寤寐求之。
求之不得,寤寐思服。悠哉悠哉,辗转反侧。
参差荇菜,左右采之。窈窕淑女,琴瑟友之。
参差荇菜,左右芼之。窈窕淑女,钟鼓乐之。

【古诗新译】

雎鸠关关地鸣叫,在河中的小沙洲上。善良美丽的女子,是君子的理想对象。

长短不一的荇菜,时左时右去摘取它。善良美丽的女子,日日夜夜想追求她。

追求她没有成功,日日夜夜想念着她。思念绵绵不断,翻来覆去无法入睡。

长短不一的荇菜,时左时右去采摘它。善良美丽的女子,弹奏琴瑟去亲近她。

长短不一的荇菜,时左时右去择取它。善良美丽的女子,敲响钟鼓去快乐她。

【作品赏析】

《关雎》全诗原分为三章。第一章为前四句，总写君子追求淑女，概括全诗，引出下言。第二章是接下来的八句，描述君子如何追求自己心仪的姑娘，以及在追求过程中遇到的小挫折，以至于"辗转反侧"，具有写实意义。第三章就是最后的八句了，描写了君子在与淑女婚后，使出浑身解数让妻子开心，充满浪漫主义情怀。

《关雎》是《三百篇》中的第一篇。自古到今，凡是居于首的，几乎都是重中之重。那为什么《关雎》能置于诗经之首呢？我认为有两方面的原因。首先，《关雎》的内容是君子追求淑女，最后双方共结连理，无论是君子还是淑女，都是代表着德行，他们的结合，体现了夫妇之德，堪称典范。而家庭是组成社会的基本单位，《关雎》的夫妇之德作为榜样，有利于家庭的和谐稳定，这样，社会也会和谐稳定。其次，《关雎》作为乐歌，并不单调，洋溢着喜气洋洋，特别是"琴瑟友之""钟鼓乐之"，欢欣鼓舞，一派喜庆的景象。

至于艺术手法，《关雎》很好地运用了"比""兴"。比就是比方，以彼物比此物。兴就是从别的景物引起所咏之物。诗开头的"关关雎鸠""比"已结连理的君子和淑女，形象贴切，并且"兴"出君子与淑女的般配，使诗富有感染力。"参差荇菜"也运用了"比兴"手法。另外，诗篇还使用了双声、叠韵的手法。"窈窕"

"辗转"是叠韵,"参差"是双声,加强了诗的音律美,令读者回味无穷。

(钟毓景)

蒹葭

《诗经》

蒹葭苍苍,白露为霜。所谓伊人,在水一方。
溯洄从之,道阻且长。溯游从之,宛在水中央。
蒹葭萋萋,白露未晞。所谓伊人,在水之湄。
溯洄从之,道阻且跻。溯游从之,宛在水中坻。
蒹葭采采,白露未已。所谓伊人,在水之涘。
溯洄从之,道阻且右。溯游从之,宛在水中沚。

【古诗新译】

　　河边的芦苇青翠苍苍,深秋的白露已经成霜。我心中日思夜想的人,就在河水对岸一方。沿着曲折的河岸往上游去追寻她,道路险阻而且漫长。沿着笔直的河岸往下游走,那人仿佛在水的中央。

　　河边淡青的芦苇茂盛,清晨的白露尚未干透。我心中日思夜想的人,就在河水对岸边。沿着曲折的河岸往上游去追寻她,道路险阻而且势高难攀。沿着笔直的河岸往下游走,那人仿佛在水中的小高地。

　　河边的芦苇润泽鲜亮,清晨的白露还未消尽。我心中日思夜想的人，就在河水对岸的一头。沿着曲折的河岸往上游去追寻她，道路险阻而且迂回弯曲。沿着笔直的河岸往下游走，那人仿佛在水中的小陆地。

【作品赏析】

《蒹葭》是《诗经》中一首感人至深的抒情诗。它以朦胧难测，空幻缥缈的意境之美和明快动人的节奏之美从《诗经》中脱颖而出，流转千年，传唱不断。在我眼中，《蒹葭》的这两种"美"，千百年来，无出其右者。

第一，意境美

《蒹葭》每章的首句，都描写了"蒹葭"和"白露"两种自然景物，渲染出浓重的悲凉、萧瑟、凄清的深秋气息，创造出至纯至美的秋凉意境。诗中所描所写的景物，莫不蕴含了诗人的感情。蒹葭的"苍苍""萋萋""采采"都是茂盛的样子，深青色的茂盛的蒹与葭，苍凉而缥缈，似有若无、有意无意地阻挡着诗人追寻"伊人"的视线和脚步，"伊人"若隐若现，难以找寻，难以追求。诗人更是反复吟诵"溯洄从之，道阻且长"，"溯洄从之，道阻且跻"，"溯洄从之，道阻且右"，强调了河水的阻隔，表达了对"伊人"总是可望而不可即、可求而不可得的伤感心酸之情。

景中含情，情融于景，诗意得到了进一步深化，艺术感染力增加，全诗情景交融，那一种凄迷而朦胧的美，让人欲罢不能，深深痴迷。

而总是难以捉摸的"伊人"，也赋予了《蒹葭》一种空幻虚泛的悬念美。

"伊人"一会儿在河的上游，一会儿在下游，一会儿在水中央，一会儿在水中沚，飘忽不定，来去渺茫，令人怀疑是否真的有这个"伊人"存在，仿佛确实有，又仿佛确实无。"伊人"的不明虚无，使整个诗篇都变得虚幻朦胧起来，也正是由于这样的虚化和模糊化，诗的意境才显得那么空灵而富有象征意味，值得千百年来多少文人推敲琢磨，反复品味。

第二，节奏美

清朝方玉润《诗经原始》："三章只一意，特换韵耳。其实首章已成绝唱。古人作诗多一意化为三叠，所谓一唱三叹，佳者多有余音，此则兴尽首章，不可不知也。"

《蒹葭》的句式以四言为主，重章叠句的结构形式，一唱三叹，回环往复，使得所吟诵的感情不断加深，回味悠长。

三章的内容大致相同，只是在每句的末尾做了改动，加强了诗的节奏和韵律，明确和强调了诗的主旨，情感表达更为强烈。各章之间，韵律和谐，读来节奏明快，朗朗上口，十分动听。

《蒹葭》的节奏韵律之美，堪称《诗经》之表率。

（曾叙菡）

氓

《诗经》

氓之蚩蚩,抱布贸丝。匪来贸丝,来即我谋。送子涉淇,至于顿丘。匪我愆期,子无良媒。将子无怒,秋以为期。

乘彼垝垣,以望复关。不见复关,泣涕涟涟。既见复关,载笑载言。尔卜尔筮,体无咎言。以尔车来,以我贿迁。

桑之未落,其叶沃若。于嗟鸠兮,无食桑葚!于嗟女兮,无与士耽!士之耽兮,犹可说也。女之耽兮,不可说也。

桑之落矣,其黄而陨。自我徂尔,三岁食贫。淇水汤汤,渐车帷裳。女也不爽,士贰其行。士也罔极,二三其德。

三岁为妇,靡室劳矣;夙兴夜寐,靡有朝矣。言既遂矣,至于暴矣。兄弟不知,咥其笑矣。静言思之,躬自悼矣。

及尔偕老,老使我怨。淇则有岸,隰则有泮。总角之宴,言笑晏晏。信誓旦旦,不思其反。反是不思,亦已焉哉!

【古诗新译】

君容带笑,携布换丝。意非易物,意于提亲。送子过淇水河,直到顿丘。实在不是我故意延期,而是君未觅得良媒。希望君息怒,彼此定期于秋。

　　登上废墟，望君关门。未见君返，涕泪四溢。突见君返，亦哭亦笑。君去占卜，未有祸言。君乘车来，搬我嫁妆。

　　桑叶未落，鲜嫩饱满。斑鸠鸟啊，不要贪食桑葚。妙龄女子，不要沉迷郎君。男子沉迷，尚能解脱。女子沉迷，不再解脱。

　　桑叶飘落，泛黄斑驳。自我嫁君，多年贫困。淇水迅急，溅湿布幔。妇无过错，君却过失。君无原则，三心两意。

　　多年为君妻，家务无一落下。早起晚睡，没有一天例外。君已遂愿，日渐粗暴。兄弟不懂我苦楚，经常嘲笑。静心思考，倍觉心劳。

　　携君度老，使我悲怨。淇水有终点，隰河有尽头。年少欢颜，愉悦欣喜。立誓严肃的样子，却没考虑过不能实现。君既然不考虑，那就让这一切都结束吧！

【作品赏析】

　　《氓》是一首收录于《诗经·卫风》的名篇，千百年来为人们所喜爱。

　　作为一首叙事诗，《氓》的写作手法十分巧妙。通篇采用倒叙手法，从男女主人公恋爱期的缠绵写到婚前的甜蜜，又写了婚后的凄凉以及现在的悲惨状况，最后回顾过去的幸福欢乐，以果敢的态度结束自己的婚姻爱情，令人敬佩。文中还大量运用赋比兴手法，如以桑叶比喻爱情，又以此喻句起兴发出感慨，让人不得不叹服作者的才华聪颖。

《氓》的巧妙之处还在于它虽描写的是弃妇，却并未一味枯燥地控诉丈夫的喜新厌旧，而将笔墨花在婚前婚后丈夫态度、二人情感状态的对比，生动形象，富有说服力。诗中还描写了女主人公是如何辛劳、勤奋地操持家务又得不到他人理解，陷入两难境地的悲惨遭遇，更是我见犹怜。最后女子决绝、有力的发声给了诗篇一个漂亮的收尾，让人禁不住拍手叫好。

《氓》作为一首流传千年的经典力作，其艺术魅力自然不言而喻，并且其社会意义、思想主题于今天也十分出众。在现代社会，离婚率不断攀高，离婚原因虽然各式各样，但如诗中主人公一般因丈夫喜新厌旧而分开的仍不在少数。诗中的女子便给今天那些遭受丈夫遗弃的妻子树立了自尊自立的榜样，既然事已至此，无可挽回，你已"不思其反"，我也将放手，"亦已焉哉"。

《氓》中的女子让我们见到了一个独立女性的缩影，鼓励着千千万万身处不幸婚姻的女性去勇敢地做出自己的决定。

（林晓阳）

君子于役

《诗经》

君子于役,不知其期。曷至哉?鸡栖于埘,日之夕矣,羊牛下来。君子于役,如之何勿思?

君子于役,不日不月。曷其有佸?鸡栖于桀,日之夕矣。羊牛下括。君子于役,苟无饥渴?

【古诗新译】

丈夫在外服役,不知他劳作的期限。何时能回来?鸡飞上窠,太阳下山了,牛羊下来,丈夫在外服役,教我如何不思念?

丈夫在外服役,没日没月。怎么能够会合?鸡栖息在小木桩上,太阳下山了,牛羊下来,丈夫在外服役,但愿他没有饥渴!

【作品赏析】

日落西山,百鸟归林,炊烟四起……本是一幅惬意舒适、幸福美满的画,然而面对此景,她却独自一人,倚门眺望,思念着远在他方行役的丈夫。

辞去了一天的辛苦劳作,悠闲地坐在门前,她本应如释重负,但正因为这一刻的安闲,让她的思念如潮水般汹涌而起,她想起了与丈夫初次相识的羞涩,想起了丈夫曾经给予他的承诺,想起了她与丈夫一起度过的美好时光……倘若这个时候,丈夫能在身旁,良辰美景,佳人相伴,该是多么幸福啊!可是,在这个烽烟四起、兵荒马乱的年代,她小小的心愿,却也难以实现。丈夫在外久役未归,归家的日子也遥遥无期。她眺望远方,寻找当年他辞别的身影,那背影早已消失不见,剩下的只有鸡群在窝里安逸地栖息着,牛羊也欢喜地归来相聚一堂,邻家小孩在空地上嬉笑打闹着……眼前的一切显得多么的美好,而她却泪如雨下……"此情绵绵无有期,青发难聚两分离"。正是花好月圆的时候,他们却分隔两地,无尽的相思之苦,她不抱怨,只愿能用自己的苦,换来丈夫的安好,希望丈夫在外生活不受饥受渴。

诗中的句里行间,无一不触动着自己的心弦。相思之苦,或多或少,或深或浅,我们都品尝过。久思而不得的那种心情,思念便与日俱增。人们常说:"思念是一种病。"但在我看来,它不是病,它是动力。思念虽苦,却苦得甘醇,我想,她心里也是这么想的吧!虽然丈夫久久不能归来,但她知道,她有一份思念,有一个动力,就在远方!并且她愿意为了他而变得更好,把属于他们的家操持得井井有条。她思念他,他便是动力,她期望他归来那天,他能满意,有他一句简单的"有你真好"也是能使她感到莫大的幸福。

"天涯地角有穷时,只有相思无尽处。"思念,随着她的爱,一直蔓延再蔓延。我想,当他归来时,便是"相顾无言,唯有泪千行"。他的一个关怀的眼神、一个温暖的拥抱,早已把她日积月累的相思之苦化为相见之悦了。即使丈夫离开他的日子越来越长，不管是一个月，还是三年，她将一生托付给了这个男人，便一直会等候着他一个人。

她的爱，是那么的简单，又是那么的执着。她的爱，不是"唯有思妇愁眉结，无限春风吹不开"，而更多的是"两情若是长久时，又岂在朝朝暮暮"。时间，把痛苦给了他们，但也把真正的爱情赠予了他们。千万种思念，在空中飘扬，微风吹拂，带去她的爱，只愿他安康。

（李嘉欣）

第二部分

两汉时期

大风歌

刘邦

大风起兮云飞扬,威加海内兮归故乡!安得猛士兮守四方?

【古诗新译】

大风在天地间翻滚着直旋上天,天上的云彩也跟着大风纵横宇宙;数十年的战乱今已平息,天下也归于一统,我的威名虽散播四海之内,如今回到生我养我的故乡,面对着这大好河山,却从何处寻觅猛士来为我固守江山啊!

【作品赏析】

公元前196年,刘邦平定英布叛乱。在回都途中,刘邦路经故乡沛县,把昔日的朋友、尊长、晚辈都招来,共同欢饮十数日。席间刘邦有感而发,一面击筑,一面唱起了歌谣——《大风歌》。

在这首诗创作的前几年,新建的汉帝国相继经历了燕王臧荼、韩王信、陈豨的叛乱,如今英布造反虽被平定,但北面的匈奴虎视眈眈,国内反叛势力伺机而动,整个国家摇摇欲坠。刘邦在这时返回到了故乡,想起了前半生的坎坷换来了如今的荣华,而各方势力又正欲把这个他亲手打造的帝国推向深渊，想必刘邦在吟唱这首歌时必是怀着一股被悲凉掩盖的豪气。

《大风歌》每句诗中皆带有"兮"。刘邦故乡沛县原本虽为宋地，但已被楚国占有百年，文笔自然不免沾染了些许楚风。楚辞又由于其代表人物屈原的悲惨，而成为抒发愤懑的文体，且因楚地民风彪悍，楚辞便多了大气磅礴。刘邦选取这种文体，恰到好处地表现了他对家国兴亡的担忧，又不失王者风范。

《大风歌》全篇只有区区三句，却包含了双重的思想感情，且出现别具一格的转折。其诗用大风、飞云开篇，令人拍案叫绝。作者并没有直接描写他与他的麾下在恢宏的战场上是如何歼剿重创叛乱的敌军，而是非常高明巧妙地运用大风和飞扬狂卷的乌云来暗喻这场惊心动魄的战争画面。"威加海内兮归故乡"，只一个"威"字就是那样生动贴切地阐明了各路诸侯臣服于大汉天子刘邦的脚下，一个"威"字也直抒了刘邦的威风凛凛、所向披靡，天下无人能与之匹敌的那种巨无霸的冲天豪迈气概。但诗篇的着重点乃是后一句"安得猛士兮守四方"，这却显露了刘邦的无奈，不禁叩问天下，有谁能为他守住这篇江山？昔日的功臣一个个谋反，独留他这个老朽在此老泪纵横，悲哉。

（曾定邦）

董娇娆

宋子侯

洛阳城东路,桃李生路旁。花花自相对,叶叶自相当。
春风东北起,花叶正低昂。不知谁家子,提笼行采桑。
纤手折其枝,花落何飘飏。请谢彼姝子,何为见损伤。
高秋八九月,白露变为霜。终年会飘堕,安得久馨香。
秋时自零落,春月复芬芳。何时盛年去,欢爱永相忘。
吾欲竟此曲,此曲愁人肠。归来酌美酒,挟瑟上高堂。

【古诗新译】

繁华的洛阳城中一条街边小巷的路旁,新生的粉红的桃花与雪白的李花交相辉映,为小路点缀了无限的生机。

娇嫩柔美的花儿一片片的面面相觑,苍翠鲜嫩的叶片儿也一只只地互相遮挡。

温润的春风从东北吹来,花片和叶瓣昂着的脑袋被吹低了。

不知道是哪家的女孩子,提着一个木制的小笼子来采桑。

她用纤纤细手将树枝折了下来,花瓣就随着枝条在空中盘旋着飘落。

花朵感到无辜，它责备攀折枝条的美丽的女子，我并没有招惹你，为什么要损坏伤害我呢？

时光易逝，到了秋高气爽的八九月份，天气转寒，晨起的露水变成了厚厚的霜。

美人对花朵说，反正一年中总有秋天这个让你飘落坠毁的时节，你又哪里能永久的芳香四溢、安馨自如呢？

虽然你在寒秋时节自己飘零坠落变得枯萎，却可以在万物复苏的春天重新开始芬芳夺人。

哪里像我的青春鼎盛的年华一旦过去了，那与它依附着的爱情和欢乐也就永远地被忘记了。

缘事而发，突然想弹奏一首表达心意曲子，可是这首曲子哀怨凄清，让人的心和器官都一并开始发愁了。

回到家中自己斟了一杯清冽鲜美的酒，带着琴瑟在正厅里弹奏，并感慨着往事，所有情绪都在琴瑟之音里了。

【作品赏析】

花朵常常用来作为比喻女子容颜的意象。当铺天盖地的白似雪、粉似霞的桃李盛开的时节，花儿的千姿百媚的形态巨细无遗地表露出来，此时出现的纤细雪白的手的主人真是可谓人比花娇艳动人。似乎可以想象到她白皙光滑的皮肤和盈盈闪动的眼眸，这样春光烂漫的时节，她提着小笼子采桑却站在一片桃李树下走神发呆，可见少女怀春的娇羞和小鹿乱撞的痒痒的期盼，必是为心上之人而魂不守舍。脑海中盘旋着各式各样与自己心爱男子的回忆，低头浅笑中，手里把玩着挨近着自己的枝条,想着想着竟然无意间折断了枝条。这时才回过神来,有些微微懊恼,噘着嘴佯装自己是那些飘落的花瓣,有模有样地学习花瓣的口吻责备着那个始作俑者也就是自己,忽而又哈哈大笑起来。

红颜易老,韶华逝尽,往日巧笑嫣然似乎成了久远到想不起的事来,如今秋意斑驳,花瓣凋谢枯萎就好像自己那盛年萎谢,不禁悲从中来。此时今日,甚至开始嫉妒起桃花李树,它们秋日凋零,却可以在春季重新生长丰茂,可以重新芬芳扑鼻,光彩夺目,而自己的青春则是一川东水向西流,再无回头新生之说。

花比人幸,人却比花还痴。曾经的欢爱终究随着岁月淹没于无涯的荒野里,那些天长地久的誓言和白头到老的许诺只不过是浮生一梦,而"岁月静好"也最终没能得偿所愿,形容消瘦枯槁的妇人只能自怨自艾,鼓瑟品酒,将对负心汉的绵绵哀怨谱入曲中,轻轻弹唱。

(裴韵姣)

上邪

佚名

上邪！我欲与君相知，长命无绝衰。山无陵，江水为竭，冬雷震震，夏雨雪，天地合，乃敢与君绝。

【古诗新译】

上天呀！我渴望与他相知相惜，长存此心永不褪减。除非巍巍群山消逝不见，除非滔滔江水干涸枯竭。除非凛凛寒冬雷声翻滚，除非炎炎酷暑白雪纷飞，除非天地相交聚合连接，直到这样的事情全都发生时，我才能将对他的情意抛弃决绝！

【作品赏析】

女子：与君相知，相爱，相惜，我毕生的梦想。

也许是那一刻，你跨上战马的英姿飒爽让我如痴如醉；也许是那一刻，你为我摘下一束芦苇让我心花怒放；也许是那一刻，你收下了我为你剪下的鬓发让我坚定终生；也许就是那么一刻，我便以身相许，用一生去等待你。

我愿当你背后的小女人，为你更衣做饭，为你生儿育女，敬重你的父母如同我的父母，茶余饭后与你牵手散步，当你出远门时待在家中思念你，教育我们的儿女如同你一般优秀；待他们长大了，我们也老了，我们还是依旧欣赏着落日余晖……然而，这只是小女子简单又美好的心愿，却让这现实狠狠地打击着。

你出征了，一切都只是美丽的泡沫，一触就破。何时才能等到你？你是否安全？你是否还活着？你又是否像我一样在想你？

我在等待，等你回来的那一天。

"山无陵，江水为竭"，即使世上最永久的存在物发生了巨变；"冬雷震震，夏雨雪"，自然界最永恒的规律发生了怪变；"天地合"，整个宇宙发生了毁灭性的灾变，"乃敢与君绝"！我指天为誓："我欲与君相知，长命无绝衰。"

男子：活下去，只为执子之手，与子偕老。

（王丽璇）

战城南

佚名

战城南,死郭北。野死不葬乌可食。为我谓乌:且为客豪!野死谅不葬,腐肉安能去子逃!水深激激,蒲苇冥冥。枭骑战斗死,驽马徘徊鸣。梁筑室,何以南,何以北?禾黍而获君何食?愿为忠臣安可得?思子良臣,良臣诚可思:朝行出攻,暮不夜归。

【古诗新译】

城南廓北战争不迭,战士们死伤无数,然而战死在城外的士兵没得安葬正好被乌鸦啄食。请替我告诉乌鸦:"暂且先为战死他乡的士卒哀号吊唁吧,他们在野外战死想必不得安葬,腐肉又怎么能躲开你逃走呢?"河水清清缓缓流淌,蒲苇幽暗瑟瑟摇摆。善战的骏马皆已战死,只剩驽钝的劣马在布满死尸的战场上哀怨徘徊。战时在桥头构筑堡垒,如何分辨何处是南,何处是北?即使收获了庄稼,君主又怎能吃得着?愿意当为国立功的忠臣又哪里能够?想到你们这些好男儿,你们实在值得怀念,一早奔赴战场,到夜晚却再不见你们回来了。

【作品赏析】

这首诗选自《乐府诗集》中的《鼓吹曲辞·汉铙歌十八曲》，是一首讲述西汉频繁战乱情况的军乐，表达了对战死士卒的哀悼以及对战争的厌恶。

古诗开头即以"战城南"带出战争的紧张局势，烽火四起，硝烟弥漫，战争激烈而紧张，继而突然转入"死郭北"，激烈战争中士卒们壮烈牺牲、战死沙场，全诗气愤由激昂顿转沉寂，悲凉的情绪也也就渐渐蔓延开来，成为整首诗感情基调。"且为客豪，野死谅不葬，腐肉安能去子逃！"士卒们已经能预测自己有去无回的不幸，可为何还要继续奔赴战场呢？我想这其中既有保家卫国的正义感驱使，也有来自于君主施加的压力。君主的施压或是其主要原因，当时诸侯相争，君主好战，大量征戍青年壮士服兵役，如《十五从军征》中那位"十五从军征，八十始得归"的老兵，几乎将一生最好的青春耗费于服役，士兵们不能选择只能服从，否则会受重罚或酷刑，遂不得已他们才要去远征作战。这种兵役制度不合理，但究其根源，其实是统治者的好战和热衷权势导致，然而难道可以因为这样就扼杀掉每一个士兵自由选择的权利吗？

"水深激激，蒲苇冥冥"运用了比兴手法，借写清澈流淌的水流和幽暗摇摆的蒲苇来烘托战后荒凉悲怆的氛围，与"枭骑战斗死，驽马徘徊鸣"两句相得益彰，河水潺潺，蒲苇瑟局势，结尾句表达了对战士的深切哀悼，作者既同情他们的不幸，也寄予了对和平生活的期冀。

（林晓玲）

十五从军征

佚名

十五从军征,八十始得归。道逢乡里人,家中有阿谁?
遥看是君家,松柏冢累累。兔从狗窦入,雉从梁上飞。
中庭生旅谷,井上生旅葵。舂谷持作饭,采葵持作羹。
羹饭一时熟,不知贻阿谁。出门东向望,泪落沾我衣。

【古诗新译】

刚满十五岁的我无奈之下,走上了从军之路,这一去就是几十年,直到八十岁才得以回来。回家路上遇到了家乡的人,向他问道:"我的家里还有谁在吗?"乡里人向我答道:"远远望去,那松柏丛树林中高坟毗连重叠的地方,便是你的家。"走上前,只见兔子惊慌地往狗洞钻了进去,野鸡在屋梁上乱飞。院子里长满了野生谷物,井上布满了野葵菜。我弄好谷物做饭,将葵菜摘来做羹。饭菜都熟了,却不知可以叫谁一起吃。我走出门向东方望去,一个熟悉的人也没有,看着这荒凉的景象,不禁流下了泪水。

【作品赏析】

"十五从军征，八十始得归。"参军时，是一名年华似锦的少年，归家时已俨然成了一名白发老人，大好的青春年华就这么全数献在了保家卫国之上。

征战一生，好不容易等到战争结束，得以在垂老之时返回家乡，与家人共享天伦之乐，不料等到的却是乡里人的一句"遥看是君家，松柏冢累累"。看着眼前那荒凉的景象：兔子从狗的洞穴中钻进去，野鸡在屋梁上飞，院子里长满了不经播种的野生谷物，井上布满了可食的野葵菜，这一幕幕凄清之景不禁令人心生凉意，没想到满心欢喜征战归来，等待自己的竟是这样不堪的结果，这岂能不叫人黯然神伤？自己被迫从军，在战场上生死难料，好不容易存活下来，却不曾想过，未去参军的家人竟一个也没有幸存下来，这不正间接地反映了在这乱世之中百姓生活的艰辛吗？他们中的大多数人即使不是被敌军所杀，也会因满足不了生活所需而被活活饿死。

"舂谷持作饭，采葵持作羹。羹饭一时熟，不知贻阿谁。出门东向望，泪落沾我衣"，读到这几句，脑海中便会不由自主地浮现出这样的一幅画面：一个历经沧桑、与死神几次擦身而过的老人，佝偻着身子，在那简陋的环境中做起饭来，好不容易饭菜都做好了，却不知道该赠给谁吃。出门向外张望，等了半天，竟没有一个可以和自己一起吃饭聊天的人，思及此，不禁泪流满面。每每想起这样的画面，便仿佛看到了一个孤寂凄凉的背影，让人的心也不自觉地沉了下来。

《十五从军征》一诗中的这位终身征战垂老还乡而已无家可归的老兵，实际上也是当时在那乱世中从军之人的写照，这反映了不合理的兵役制度给百姓带来的深重苦难，表达了当时人们对战争的厌恶与强烈的反战情绪。

（陈文敏）

上山采蘼芜

佚名

上山采蘼芜，下山逢故夫。长跪问故夫，新人复何如？
新人虽言好，未若故人姝。颜色类相似，手爪不相如。
新人从门入，故人从阁去。新人工织缣，故人工织素。
织缣日一匹，织素五丈余。将缣来比素，新人不如故。

【古诗新译】

女子上山采蘼芜，下山途中遇到了以前的丈夫。女子挺直腰问前夫："新人怎么样呢？""新人虽然也算好，但没有你优秀。面容差不多，但手工方面却比不上你。""新人从正门迎娶进来，故人从边门离开。""新人擅长织缣，而你擅长织素。织缣每天织一匹，织素每天可以织五丈多。用织缣来跟织素相比，新人比不上故人。"

【作品赏析】

《上山采蘼芜》是汉乐府诗中众多描写弃妇的一首诗，其题材典型，深刻地反映了当时的社会现实。

这首诗主要写女主人公上山采蘼芜，下山途中重逢故夫的情景，由女主人公的一句问话:"新人复何如?"而引出故夫的回答。通过两人的问答,揭露了夫权制度造成的婚姻悲剧,深刻反映出妇女在封建时代悲惨的生活处境。

诗中女主人公重逢故夫时,虽已被弃然而依旧得"长跪",这在古代是表示恭敬的见面礼节,由此可见当时封建礼教对女子的不公平和束缚,同时也给予了男子强烈的优越感,正是这腐朽的礼教制度,才导致了诗歌中许多悲惨的弃妇形象。也因为这种夫权制度,才更能看出女子的忠贞和无奈、男子的风流和无情。"新人从门入,故人从阁去。"描出了一幅恶薄世态,被弃的妻子从旁门离开后,丈夫又从正门迎娶一位新的妻子。然而,这并不见得就是一件好事,谁能保证在那种制度下,这个"新人"能够与丈夫过着幸福理想的生活?从诗歌中两人的对话可知,新人"未若故人姝"和"手爪不相如",不难猜测出这个"新人"也许会沦得"故人"的命运。

古代女子被弃的原因除了丈夫寡情外,与家中的婆婆相处也是一大难题。从诗中可知,女主人公比"新人"优秀得多,仍然落得被弃的下场,那么这个新人又能在故夫的身边待多久呢?也许好景不长吧。从中我们也能了解到这首诗实际包含了对两个女人命运的描写,表面写女主人公被弃的哀怨,深层暗含着对另外一个女人命运的揭示和同情、惋惜,也真实地写出了当时社会的一种普遍现象,表达了作者对当时这种腐朽制度的批判和对封建妇女悲惨处境的同情。

这首诗的写作手法也新颖独特,通过问答的形式,使读者朗读起来轻松有趣,读完后却余味深长,引人深思。另外,这首诗的诗意也层层递进,以"手爪不相如"为分界,前段故夫已将新人与故人进行对比,得出故人比新人"姝"。后段又重说一遍,诗意更浓,突出丈夫情之薄和两个女人的悲惨命运。

《上山采蘼芜》只是弃妇诗中典型的一首,通过这些诗歌,反映了当时的社会面貌和男尊女卑、男权至上的社会思想,表达了诗人们对这种社会现实的批判讽刺,对封建制度下的妇女的关切与同情。

(刘紫容)

白头吟

卓文君

皑如山上雪,皎若云间月。闻君有两意,故来相决绝。
今日斗酒会,明旦沟水头。躞蹀御沟上,沟水东西流。
凄凄复凄凄,嫁娶不须啼。愿得一心人,白首不相离。
竹竿何袅袅,鱼尾何簁簁!男儿重意气,何用钱刀为!

【古诗新译】

(爱情)应该像山上的雪一样纯洁,像云中的月亮一样皎洁。

听说你现在有了他心,因此特意过来和你决断。

今天就像最后的酒会,明天就如分手的沟水。

我在沟水上艰难地行走,过去的回忆就像东流的沟水一去不复返。

你给我的只是再三凄冷的哭泣,现在我再也不用为此哭啼。

原以为嫁了一个一心一意的郎君,相守白发永不分离。

爱情就该像竹竿那样轻柔,像鱼儿那般恩爱!

男儿应该看中情意,何必为了钱财如此恩断义绝呢!

【作品赏析】

这是一首典型的爱情诗，深切表达了女诗人对于爱人喜新厌旧的愤恨和对忠贞爱情的渴望，字里行间，那女诗人注入诗中的情意在不经意间就拨动了诗人与读者心间那条有着相似体会的弦。

"皑如山上雪，皎若云间月"，开头就运用了比兴的手法，既可能是女诗人的自喻，把自己比作山上的白雪和云间的皎月，以此表明自身美丽的外貌，却惨遭爱人的"闻君有两意"的舍弃，由此更凸显了自己爱人的狠心和自己对爱人的强烈愤恨；也有可能指的是女诗人自己以前对爱情的看法，是自己内心对于爱情的透彻表露、对爱人的坚贞纯洁，奈何自己的一片真心却得到了爱人"有两意"的无情，因此"故来相决绝"，女诗人的贞烈和果断让人心生佩服。

"今日斗酒会，明旦沟水头。躞蹀御沟上，沟水东西流。"今日和明旦相对，今日最后一次相聚饮酒，明天爱情就如流水一般一去不复返，一前一后，一正一反，两两相对。读到此处，我们可以感受到女诗人虽内心揶揄，但心中早已明了，"君已有两意，我何必纠结"，如此果毅，不免为女诗人一片喝彩。

"凄凄复凄凄，嫁娶不须啼"，字里行间，女诗人内心的伤痛一览无遗，"相决绝"并非她的本意，她内心仍然深深地爱着她的爱人，但却遭到了背叛，真心换假意，只得苦悲离。"愿得一心人，白首不相离"的深切期望事与愿违，"一心"对"两意"，更显诗人内心沉痛。

"男儿重意气，何用钱刀为！"篇末点题，实是画龙点睛之笔。

女诗人不再遮遮掩掩，平铺直叙，道出了自己内心的真切感受，责骂自己爱人因财变心，同时也劝诫其他人不要被男子的钱财所吸引，而应该选择重情义的人相伴一生，否则也只能落得个遭到抛弃的悲惨结局。

（吴剑耀）

有所思

佚名

有所思，乃在大海南。何用问遗君，双珠玳瑁簪，用玉绍缭之。闻君有他心，拉杂摧烧之。摧烧之，当风扬其灰。从今以往，勿复相思。相思与君绝。鸡鸣狗吠，兄嫂当知之。妃呼狶，秋风肃肃晨风飔，东方须臾高知之。

【古诗新译】

我所思念的你，在大海的南边。离别之时，你不知拿什么赠予我，聊表相思。你把系挂珍珠的玳瑁簪赠给了我。我如获至宝，我小心翼翼地用玉环将簪子缠绕起来，意为我的心将紧紧与你相随，并以此表达对你的相思依恋。

然而我听说你变心了。痛心、愤怒之下我把你赠予的簪子狠心折碎并摧毁焚烧。将簪子焚烧至灰后，我意为与你一刀两断！于是，在有风的日子里，迎着风口，化为灰烬的簪子在我指间随风飘散。就好像我们曾经的情意一般烟消云散了！从今日往后的日子里，我不会再为相思而彻夜难眠。

我已立定决心与你断绝情意，却还是回忆起当初你我相遇、相知、相会时那份甜蜜。你我兄嫂邻里都已知晓。而我却只能回忆着甜蜜为你的变心苦涩。无尽叹息！外面又是秋风萧瑟的时节，雉鸟为求得配偶而发出悲鸣。而我呢，却不能与一个好伴侣共度余生。往日的情缘让我艰难徘徊，心无限煎熬。还是等明日再作抉择吧！

【作品赏析】

阅览题目，便知应该用爱情视角去品读。《有所思》是汉乐府民歌中以女性心理为切入点的爱情咏叹。

篇幅并不长，语言也并不十分晦涩难懂。字里行间，作者只是简单运用了情人间的定情信物便将女子苦苦相思、依恋不舍、痛苦挣扎、狠心决绝、矛盾彷徨的心理波折真率动人地串联起来了。首先，提及人的相思之情。独特地，接着忆当初，在与心爱之人分离时，心中的浓浓爱恋都沉浸在了不舍之中，只能彼此以信物作为情意的追随。然而，究竟是物是还是人非？曾经彼此琴瑟和鸣的一方，变心了！漫长的等待，曾经的相许承诺，绵绵情意竟化为了泡影！这让重情、执着的女子如何能接受！为此，我们看到了女子的决绝。心上人的变心让率真的女子痛心之余难掩愤怒，痛恨之下难控决绝之举。一切，只因情到深处，理性与感性在此时生死搏斗。于是，情已逝，女子痛心之余也不愿留下当初代表浓浓相思的信物。在这里，作品让我们在那个夫权时代看到了女子的另类果敢。在情韵激荡、富有层次、饱含真性情的诗词间，我们也情不自禁地为女子的遭遇同情，为她的苦楚痛心，也被她的勇气折服。然而，若是真挚爱情，岂能如此轻易断绝？诗词之所以成功，在此也埋下了伏笔。

来了个本该在意料之中的意料之外。作品的前部分成功地给所有读者打下了为女子决绝的勇气折服的心态，这是读者本该意料之中却来不及闪现的。然而，当一切化为灰烬随风而去之时，褪去愤怒的女子总免不了回忆过去的情意，这真是出乎意料。甜蜜、苦涩、痛心、愤恨交杂，令果敢、为爱苦苦煎熬的女子彷徨，犹豫了。断绝却下不了心，理性与感性最终还是没能在诗词中写下输赢，留给了读者无限的想象空间，作品的深意又到了一个更高的层次，我们也不仅仅从诗词语言、物象去探索这一作品的审美属性了。这不，有限的诗句间存留着无限的想象。可以说是没有跌宕起伏的诗词描写，却读出了跌宕起伏的心绪。矛盾挣扎在作者笔下只用双珠瑁簪的存与毁表现，使作品富有层次，将女主人公为爱坚守、苦苦等候却换来对方变心的结局之后的复杂心理活动淋漓尽致地展现出来，也为我们刻画了一位真性情的果敢女性对待爱情的各种勇气抉择和痛苦挣扎。

我们不得不说这就是作品的成功之处。简单的诗词、单调的物象凸显了一系列不简单、情韵激流的女性心理活动。

（赖彩云）

饮马长城窟行

佚名

青青河边草,绵绵思远道。远道不可思,宿昔梦见之。
梦见在我旁,忽觉在他乡。他乡各异县,展转不相见。
枯桑知天风,海水知天寒。入门各自媚,谁肯相为言?
客从远方来,遗我双鲤鱼。呼儿烹鲤鱼,中有尺素书。
长跪读素书,书中竟何如?上言加餐食,下言长相忆。

【古诗新译】

芊绵的春草,
引起我对远方那人的思念。
徒劳无益的相思,
不如梦中相见的真切。
梦中明明在我身旁。
乍醒才知他依旧在远方。
遥远的异乡,
他漂泊的行踪,
使得我们的相见更加不易。

枯桑能够感受风的凛冽，
海水能够知道天气严寒。
邻居只知道自家欢乐，
谁能安慰我呢？
客人从远方到来，
为我带来双鲤鱼。
急忙呼唤儿子打开鲤鱼，
只见里面的信函。
郑重地跪着读信，
信中写了什么呢？
开头写道保重身体，
结尾诉说永远的思念。

【作品赏析】

《饮马长城窟行》是一首汉乐府民歌，最早见于《文选》，题为"乐府古辞"。抒写怀人情愫，描写了女主人公对行役他乡的丈夫的缠绵忆念和殷切期盼，笔法委屈多致，随着主人飘忽不定的思绪曲折回旋。这首诗以思妇第一人称自述的口吻写出，多处采用了比兴的手法，语言清新脱俗，语句上递下接，气势连贯，并且全诗采用了五言的句式，语言上简短朴素、通俗易懂，具有强烈的艺术感染力。

诗的开头就运用了比兴的手法，"青青河边草，绵绵思远道"，其中的绵绵有两层意义：一是指草的绵绵不绝，二是指思妇思绪的绵绵不绝。以青青绵绵的河边草引出思妇对远方丈夫的思念。但下句却说道"远道不可思"，在梦中相见更加真切，紧接着又写道"梦见在我旁，忽觉在他乡"。梦中丈夫还在身边，醒来才发现梦境是虚幻的，相思徒劳无益。于是"他乡各异县，展转不相见"一句，道出了因为空间的隔绝，彼此无法相见的困难。这一段几个转折，情思恍惚，意象迷离，亦悲亦喜，变化莫测，表现出思妇思绪的缠绵殷切。

这一段在修辞上运用了顶真的修饰手法，如"绵绵思远道""远道不可思"中的"远道"，"宿昔梦见之""梦见在我旁"中的"梦见"，"忽觉在他乡""他乡各异县"中的"他乡"。这样的修辞方式使得句子读起来有一种流畅的音乐性。

"枯桑知天风，海水知天寒"二句也是运用了民歌中常用的比兴手法，意为枯桑无叶尚且能感受到风的凛冽，海水无冰尚且能感动天寒，我难道不知道自己的相思之苦吗？暗示远方的人也知道，也暗喻思妇凄苦的景况。与下两句"入门各自媚，谁肯相为言"结合形成了强烈的对比，各人都回到自己家中与亲人相聚欢悦，但没有人来安慰我，为我捎信给在远方的丈夫，表现出思妇寒门独居的痛苦不平与孤独凄凉。

从"客从远方来"开始，情景发生转折，描写女主人公喜获夫信的情况。客人从远方来，为女主人公带来了木质双鲤鱼夹封的信函，于是女主人公呼儿打开了丈夫寄来的书信以解除她的思念之苦，女主人公恭恭敬敬地读信，信中写道："上言加餐食，下言长相忆。"此句传达出了远方的丈夫对她坚贞不移的情感。诗中写道女主人公读信是"长跪读素书","长跪"二字写出了女主人公读信时郑重的态度,从侧面也反映出了女主人公多日不闻行役他乡的丈夫的消息,忽然得到了丈夫托人寄来的信函时心中紧张激动的心情。这一段描述了女主人公的感情起伏,文字质朴自然,情感真切悠远,也代表着许多中国传统妇女与丈夫离别的闺怨情感。

诗中上一句"入门各自媚,谁肯相为言"还在描述思妇孤独凄凉的景况,下一句便写道"客从远方来,遗我双鲤鱼",情景忽然转折。分不清这里描述的情节是真的,还是思妇过于思念丈夫的臆想,其中鲤鱼传书就具有传奇的色彩,但是游子寄书却也合情合理,所写意象似梦非梦,虚实难辨。

而最令人感动的是结尾"上言加餐食,下言长相忆"一句,丈夫寄来的书信中只字未提其在外的情况,也没有说其归期,只是嘱咐女主人公要多吃饭保重身体,述说其对女主人公的思念。书中带着近乎永别的语气,蕴含深意,或许是写信人不敢明言,而读信人也不敢猜测。如此结尾,余味无尽。

(刘玉秀)

行行重行行

佚名

行行重行行,与君生别离。相去万余里,各在天一涯。
道路阻且长,会面安可知。胡马依北风,越鸟巢南枝。
相去日已远,衣带日已缓。浮云蔽白日,游子不顾返。
思君令人老,岁月忽已晚。弃捐勿复道,努力加餐饭。

【古诗新译】

走走停停又走走,君与我活生生地别离有多久。
君与我相距万里,各在天涯无妨只因你在心底。
道路坎坷更曲折,我们再见的时候又该是几何。
胡马依恋着北风,南方的鸟儿筑巢朝南的树枝。
与君距离一天天地远了,我的衣带也变得宽松。
浮云茫茫遮双眼,君如受惑游子忘却了我的脸。
想念君让我苍老,时间匆匆过去不曾为谁停靠。
离别无须再多言,请君多多珍重忘我莫忘添餐。

【作品赏析】

《行行重行行》是一首意蕴深长的思妇诗，描写了一个发生在东汉末年时期，社会动荡战争多发年代里一对原本相爱的夫妻因为种种原因被迫分离的故事。

诗的第一句中"重"字，描写的是丈夫不停地走，不停地走，因此才导致了"相去万余里，各在天一涯"的凄苦场面。同样是第一句里的"生"字，突出了夫妻两人明明恩爱，却要活生生地分离，更让人感觉到妻子的无奈以及内心的苦闷。第三句中，因为回家的道路艰险又漫长，两人见面变得遥遥无期，更添妻子的惆怅，也让读者感同身受。第四句以及第六句以胡马和越鸟与丈夫作对比，北方的马和南方的鸟都眷恋着故乡，离不开故乡，我的丈夫啊你怎么就忍心留下我一个人独守这空房。难道是浮云遮住了你的双眼，所以才像另结新欢的游子一样顾不上回家了吗？两句写出了思妇的心声，表达了思妇对丈夫的哀怨。然而不管思妇如何哀怨，丈夫始终没有回来。思妇只能如诗中第五句中所写，随着两人一日一日逐渐更远的别离，对丈夫的牵挂越来越深，越来越憔悴，衣带越来越宽松。最后两句中，思妇终于认清现实，想念丈夫只让自己变得憔悴衰老，而岁月不为任何人停留。即使是自己被抛弃了，也希望自己曾深爱的丈夫可以好好珍重，多加餐饭。

全诗成功地塑造了一个让人动容的思妇形象。她深爱着自己的丈夫，为丈夫远门而忧心牵挂。但是丈夫毫无音讯使她不得不开始猜忌，丈夫是否已经在外有了新欢。这让思妇日渐消瘦，失去了原来的精神。然而不论丈夫是否真的有了新欢，思妇仍然衷心地祝福丈夫珍重安好。这样的思妇在当时肯定不止一个，而是有代表性的。她代表了中国古代一部分的妇女的形象——望穿秋水的执着，哪怕被抛弃仍念君好的善良。

诗中运用了多种手法表达、突出感情。第二句用夸张的手法写夫妻两人相隔几万里，各自在天一涯，夸张的手法突出了两人距离的远，也表现了思妇内心的无奈甚至有两人无法再相见的绝望。第四句以胡马和越鸟起兴，托物寓情。第五句使用白描的手法，直笔写出妻子因想念而日渐消瘦，让读者感受深切。再以被浮云遮蔽的白日比喻夫君，体现了妻子的哀伤苦闷，让读者更进一步地捉摸妻子复杂的心理活动和感受诗中饱满的感情。

（潘乐）

迢迢牵牛星

佚名

迢迢牵牛星，皎皎河汉女。
纤纤擢素手，札札弄机杼。
终日不成章，泣涕零如雨。
河汉清且浅，相去复几许？
盈盈一水间，脉脉不得语。

【古诗新译】

遥远的牵牛星，
明亮的织女星，
隔着无尽的银河，
相凝望着。
纤细如玉的洁白的手，
捣鼓着织机上的梭子，
发出札札的声响。
思君心烦扰，
终日无法织成布匹，

而泪滴如雨般坠落。
天上的银河，
是既清且浅，
牛郎织女的距离，
又能有多远呢？
仅仅是清澈的一水之隔，
却只能相顾不能言。

【作品赏析】

　　《迢迢牵牛星》是汉朝《古诗十九首》中的名篇之一，是一首闺怨诗。全诗明借用了神话故事牛郎织女相爱却无法相见的爱情悲剧，来暗写思妇和离人间离别的愁绪，含蓄地表达思君的情感，借梁启超先生的话来说，本诗是"没有一字实写自己情感，而情感已活跃句下"，完完全全地使用了象征手法，深入浅出，把思妇复杂难言的别恨情绪描绘得更为具体，平凡的思念之情转化成更为深刻极致的爱情。这一首闺怨诗最大的成功之处就在于此。

　　从诗的内容上看，首句"迢迢"的牵牛星与"皎皎"织女星隔河相对，主要是突出两星相隔之远，暗含了女主人公与男主人公因世俗观念而导致两人的距离之远。"纤纤擢素手，札札弄机杼。终日不成章，泣涕零如雨"，这四句是从女主人公的角度出发，没有明写织女有多么思念牛郎，而从侧面描写织女不能织成布匹终日泪眼婆娑，就能感受出织女对牛郎的思念。最后四句是诗人的抒情："河汉清且浅，相去复几许？"描述了牛郎织女之间相隔的银河又清又浅，并不能成为阻挡他们相见的障碍,此句表明了两人之间心如此相近,世俗之见本不能使两人分离,而事实上他们还是被迫分离,这里更深层的内涵是批判封建制度对自由爱情生活的剥夺,也表达了人们在封建制度前的无能为力。"盈盈一水间,脉脉不得语"看似写牛郎织女爱得无可奈何,实则写在封建制度的压迫下人们没有自由恋爱的权利,在这些制度的强压下不得不低头的各种无奈。

从诗的语言上看,仅仅十句诗便有六句使用了叠词:迢迢、皎皎、纤纤、札札、盈盈、脉脉。这些叠词的作用一方面是增强的诗歌的韵律节奏,使人读起来朗朗上口,节奏感很强;另一方面是使诗歌所抒发的情感更为饱满强烈,让读诗的人能够感受到相思而不得的愁苦。

总的来说,《迢迢牵牛星》能广为人知,不仅因为它以一个家喻户晓的神话故事为题材,其独特的表现力和蕴含的张力更是使其成为千古传诵之经典的重要原因。

(陈美玲)

李陵与苏武诗

佚名

良时不再至,离别在须臾。

屏营衢路侧,执手野踟蹰。

仰视浮云驰,奄忽互相逾。

风波一失所,各在天一隅。

长当从此别,且复立斯须。

欲因晨风发,送子以贱躯。

【古诗新译】

过去美好的时光不再回来,离别已在片刻之间,牵着手徘徊在路上。

抬头看着浮云飘过,忽然间互相追赶。一阵风波后便批次分离。

现在要在此离别,暂且停留片刻。我想要晨风迅疾飞行,好让我随它一道送您远去。

【作品赏析】

"一唱三叹,感寤具存,无急言竭论,而意自长、言自远也。"

这是古人对于《李陵与苏武诗》的评价，实际上它的评价已经十分恰当地点到了该诗的精妙之处。在此方面不能有所提升时，观察其展示精妙之处的过程作评论，倒是一个不错的视角。

该诗实际上在叙述时体现了两种空间，在此我们必须将传统的情与景分离。因为我们在评诗时总会强调情景交融，而该诗的情与景是与其他情景诗不同的。我们可以很清楚地看到"良时不再至，离别在须臾。屏营衢路侧，执手野踟蹰"应为一个空间，且为实景实情。而"仰视浮云驰，奄忽互相逾。风波一失所，各在天一隅"应为另一个空间，为虚景虚情。如何区分两者虚实的情和景呢？个人认为有主人公置入即为实景，而通过自身体验而感悟之情为实情。而没有主人公亲身置入，以他物所隐喻之情应为虚情。

所以，前者是属于主人公的实景实情，后者虽有"仰视"，然而这景物本身却是可以省略的，并且其所体现之情必须要有前面的实景实情衬托。如电影的蒙太奇手法，两个不相关联的事物情节拼接在一起便有了联系。

该诗与其他诗的不同在于对实景与虚景都以同等份额叙述。简单来说，前者用四句叙述，后者亦用四句叙述。其他诗都是实景为主，虚景为辅。这样一来，该诗则以双重的画面感和明暗两层的情感呈现在读者面前，在最后虚实空间叙述融为一体，自然过渡又巧妙升华。

以此带给别人一种意境层次感和表达情感，真切而又不显虚浮。

（陈永成）

团扇诗

班婕妤

新裂齐纨素,鲜洁如霜雪。
裁为合欢扇,团团似明月。
出入君怀袖,动摇微风发。
常恐秋节至,凉飙夺炎热。
弃捐箧笥中,恩情中道绝。

【古诗新译】

机上扯下新绢布,亮白如霜洁似雪。
巧手裁布作团扇,团扇圆圆若明月。
怀袖雅物常在旁,君手轻摇风袭面。
时时惊惧秋日到,凉气吹来炎热散。
纨扇被弃孤箱中,与君恩义从此绝。

【作品赏析】

《团扇诗》又名《怨歌行》,相传为汉成帝的妃子班婕妤所作。沈德潜在《古诗源》中称该诗"用意委婉,音韵和平",钟嵘在

《诗品》中也将其列为上品。"秋扇见捐"出自该诗,暗指失宠妃子被君王抛弃。

自古帝王多薄幸,妃子就似这一把小小的团扇,不受宠爱了,便被抛弃。汉成帝的妃子班婕妤,初入宫时便倍受成帝的宠爱。在这首诗里,班婕妤以团扇自比,刚入宫时的她就如一把新裁成的合欢扇,受到君王万般的宠爱,时时伴随在君侧。虽然君王给予的宠幸让她一时风光无限,她却清醒地知道,一旦君王宠幸其他妃子,她的下场便会像秋天的合欢扇,被无情地扔到一旁。一个君王可以同时拥有很多妃子,但是一个妃子一辈子只能属于一个君王,班婕妤何尝不明白这个道理,她一直恐惧着、害怕着有另外的女人取代了自己在君王心中的地位。终于,赵飞燕、赵合德姐妹出现了,她们轻而易举地就夺走了成帝所有的宠爱,此时的班婕妤就似那把被弃置在箱子里的团扇,再无机会在君王身旁享受君王给予的爱。

该是有怎样的悲痛和凄凉,才能写下"恩情中道绝"这五个字。一字"绝",便明明白白地道出了君王的情意早已随着新人在怀而随秋风逝去了。看着赵飞燕姐妹受到盛宠,许皇后被废,班婕妤已经能看到自己的下场了。为了保全自己,她请求到长信宫服侍太后,如同那被弃置在箧笥里的合欢扇,自此离开君王,留在这方小小的空间,远离纷争。

秋扇见捐,道出的不仅仅是班婕妤的故事,还是千千万万妃子的真实写照。她们依附着君王的宠爱在宫中生活,一旦失宠,便是万劫不复。不知班婕妤在长信宫伺候太后的那些时日里,会否想起那个明媚的下午,君王笑脸盈盈地邀她乘辇游后宫,那一刻,他的爱只属于她，没有第三者的介入。又不知，在写下这一字一句时，她会否想起那些守在君旁的温柔岁月，如今的寂寞孤独却是那么的无奈。

　　留在长信宫的日子里，班婕妤定是日日夜夜思念着成帝的，可惜，直到成帝驾崩后，她奉命去守护陵园，才得以留在成帝身旁。不过此时的她，也只能守着君王的魂，却永远见不着君王的容颜了。

　　倘若有来生，班婕妤定是不愿再踏进宫中，遇见那个终究会把自己抛弃的君王。只愿一生一世一双人，不遇君王不伤心。

（徐蔷）

第三部分 03
魏晋时期

观沧海

曹操

东临碣石，以观沧海。
水何澹澹，山岛竦峙。
树木丛生，百草丰茂。
秋风萧瑟，洪波涌起。
日月之行，若出其中。
星汉灿烂，若出其里。
幸甚至哉，歌以咏志。

【古诗新译】

迈步东行，

登上碣石山之巅，

眼前一片壮阔波澜的大海。

海水激荡，

多么浩渺苍茫呀！

山巅海岛，

多么高耸俊伟呀！

丛生的树木，

丰茂的草叶，

萧瑟的秋风，

涌起的洪波，

心跳也随沧海而汹涌激荡。

灿烂的星月，

幻变的宇宙，

在这片壮阔的沧海面前，

也只如一颗尘埃般的渺小。

对着这片沧海，

我的鸿志早已无法压抑，

只差在这瞬间倾力爆发！

【作品赏析】

纵观曹操的一生，无论怎么看，他都绝对是一个充满野心、意欲一统天下的人。可以说，他是一个心怀天下并有着鸿鹄之志的政治家、军事家。他并不满足于位极人臣，他要的是整个天下都向他俯首称臣，要的是权力、财富和尊严都位于最高地位、最为显赫辉煌的皇位帝位。

而这个让他不惜穷尽一生去追求的心怀天下的鸿鹄之志，正是《观沧海》这整首诗的中心，也正是诗人曹操想要通过《观沧海》所要表达出来的最核心的思想。

曹操刚刚在官渡之战和北征乌桓中取得莫大胜利，战胜了他在北方最大的劲敌——袁绍势力，统一了北方，已经走到了他人生中最为巅峰的时刻。这时，在从北征乌桓的归途中，他东行来到了历史上很多声名显赫的帝皇都来过的碣石山。灭六国而一统天下的秦始皇、汉代明君汉武帝都曾登临碣石山，如今，曹操也如历代明君贤皇一样来到碣石山，一睹碣石山高耸伟峻的风采，更是一览山前那片沧海的壮阔伟岸。这时，胜利的喜悦和一统大业的大有希望，再加上眼前壮阔宏伟的沧海的渲染，让他内心无比激动，一统天下、觊觎帝位的野心在沧海面前显露无遗，心怀天下的鸿鹄大志如同他眼前的洪波一般在他的心中激荡汹涌。

曹操也在他的诗中极力地用气势磅礴的言语和生动的描写，表现出眼前这片大海的苍茫壮阔，"水何澹澹，山岛竦峙。树木丛生，百草丰茂。秋风萧瑟，洪波涌起"，激荡汹涌的海水，高耸伟峻的海岛山峰，茂密丛生的树木草叶，萧瑟微凉的秋风……

看着这么一片壮阔伟岸的沧海，再想想自己已经实现了的北方一统的理想和不远的天下归一的宏愿，他不禁感觉到眼前这片沧海顿时十分伟大，甚至已经伟大壮阔到可以吐纳那灿烂的"日月""星汉"。其实，这片壮阔的沧海也是诗人曹操心怀天下的鸿鹄之志的一个化身。在曹操看来，甚至，连这么浩瀚这么壮阔的星月、宇宙在自己心怀天下的鸿鹄大志和吐纳天下的博大胸襟面前也只是如同一颗尘埃一般的渺小。

读完整首《观沧海》，我们可以发现诗中的一字一句都蕴含了诗人对碣石山沧海的壮丽宏伟的赞美，另一方面，也可以说是饱含了诗人对自己一统天下的鸿鹄大志的宣扬和吐纳天下的博大胸怀的歌颂。

（梁添莉）

冬十月

曹操

孟冬十月，北风徘徊，
天气肃清，繁霜霏霏。
鹍鸡晨鸣，鸿雁南飞，
鸷鸟潜藏，熊罴窟栖。
钱镈停置，农收积场。
逆旅整设，以通贾商。
幸甚至哉，歌以咏志！

【古诗新译】

初冬十月，北风呼呼地吹着，气氛肃杀，天气寒冷，寒霜又厚又密。鹍鸡在清晨鸣叫着，大雁向南方远去，猛禽也都藏身匿迹起来，就连熊罴也都入洞安眠了。农民放下了钱、镈等农具不再劳作，收获的庄稼堆满了谷场，旅店正在整理布置，以供来往的客商住宿。我能到这里是多么的幸运啊，高诵诗歌来表达自己的这种感情。

【作品赏析】

　　东汉末年，正当军阀逐鹿中原之时，居住在辽西一带的乌桓强盛起来，他们南下攻城略地，成为河北一带的严重边患。建安十年（205年），曹操摧毁了袁绍在河北的统治根基，袁绍呕血而死，其子袁谭、袁尚逃到乌桓，勾结乌桓贵族多次入塞为害。当时，曹操处于南北夹逼的不利境地：南有盘踞荆襄的刘表、刘备，北有袁氏兄弟和乌桓。为了摆脱被动局面，曹操采用谋士郭嘉的意见，于建安十二年夏率师北征，五月至无终，秋七月遇大水，傍海大道不通，后接受田畴建议，断然改道，经徐无山，出庐龙塞，直指柳城，一战告捷。九月，胜利回师，途经碣石等地，借乐府《步出夏门行》旧题，写了这一有名的组诗。诗中描写河朔一带的风土景物，抒发个人的雄心壮志，反映了诗人踌躇满志、叱咤风云的英雄气概。

　　《冬十月》这首诗写于初冬十月，时间比前首稍晚。前八句写初冬的气候和景物。"鹍鸡"，鸟名，形状像鹤，羽毛黄白色。北风刮个不停，严霜又厚又密，鹍鸡晨鸣，大雁南飞，猛禽藏身匿迹，熊罴入洞安眠，肃杀严寒中透出一派平和安宁。中四句写人事。钱、镈，两种农具名，这里泛指农具。"逆旅"，客店。农具已经闲置起来，收获的庄稼堆满谷场，旅店正在整理布置，以供来往的客商住宿，这是一幅多么美妙的图景！诗篇反映了战后在局部地区人民过上的安居乐业的生活，及诗人要求国家统一、政治安定和经济繁荣的理想。朱乾说："《冬十月》，叙其征途所经，天时物候，又自秋经冬。虽当军行，而不忘民事也。"

（高俊杰）

龟虽寿

曹操

神龟虽寿,犹有竟时。
腾蛇乘雾,终为土灰。
老骥伏枥,志在千里。
烈士暮年,壮心不已。
盈缩之期,不但在天。
养怡之福,可得永年。
幸甚至哉,歌以咏志!

【古诗新译】

神龟虽然有千年寿命,
但生命最终也会结束;
腾蛇虽然能兴云驾雾,
终究也会死而成灰土。
老马只能伏在马槽旁,
仍有驰骋千里之雄心;
壮志雄心之人临晚年,

凌云壮志之心亦不止。
人的寿命或长或短，
不仅仅由天意决定；
修养平淡冲和之心，
进而能够延年益寿。
命运是如此幸运啊，
歌唱以表壮志豪情。

【作品赏析】

　　曹操的这首诗充满了人生哲理，而这种哲理来自于他对生活的真切体验。曹操当时击败袁绍父子，平定北方乌桓，踌躇满志，乐观自信，趁着胜利之际，以诗歌来抒写胸怀建功立业的豪情壮志。诗中既有天命无常的悲叹，也有壮志凌云般的豪情气概；既有人生短促的哀愁，又有"老骥伏枥"的勃勃雄心。整首诗无论是从其要表达的情感上，或是从它本身所蕴含的人生哲理上，都能够给人一种气势磅礴之感，让人心生对人生变幻无常的悲叹，又能感觉到诗人身上的那种放浪形骸的胸怀。

　　诗歌接连用"神龟""腾蛇"和"老骥"三个比喻，从正反两个方面引出"烈士暮年，壮心不已"的主题，使全诗韵调跌宕起伏，格调激昂，机理缜密，迸发出奋进之情，显示出诗人自强不息以及乐观向上的生活态度。

　　开头四句，直接写到"神龟"虽有千年之寿，却逃不过一死；"腾蛇"尽管能够兴云驾雾，最终也不过是化作灰土，从而传达出诗人身上的那种感叹天命无常却又不乏乐观心态，让读者哀之又心生敬佩之意。

而"老骥"以下四句，语气转为激昂，笔挟风雷，使这位"时露霸气"的盖世英豪的形象跃然纸上。即使诗人已逾晚年，正如只能伏在槽枥旁嚼草的老马一样，但是心中仍然有驰骋千里的雄心。然而，诗人在哀叹人生短促、天命无常的同时，却又在诗中呼告道，"盈缩之期，不但在天"，认识到了人的生命长短不仅仅取决于"天"。这不矛盾，诗人所想要给世人展示的正是那种不向命运低头，敢于与命运作斗争的精神。

结尾四句，诗人强调修身养性，以平淡冲和之心来"得永年"，但是没有无所事事之意，不会让人觉得诗人在消极遁世。相反，诗人正是想要用这种以静衬动的方式来激励人们，只有保持积极乐观的心态，勃勃雄心壮志才不会被时间所磨灭。

综而观之，整首诗传达的是一种永不停止的理想追求和积极进取精神，即使人生无常，生命短促，也要自强不息。

（郭平）

燕歌行

曹丕

秋风萧瑟天气凉,草木摇落露为霜,群燕辞归雁南翔。念君客游思断肠,慊慊思归恋故乡,君何淹留寄他方?贱妾茕茕守空房,忧来思君不能忘,不觉泪下沾衣裳。援琴鸣弦发清商,短歌微吟不能长。明月皎皎照我床,星汉西流夜未央。牵牛织女遥相望,尔独何辜限河梁。

【古诗新译】

秋风瑟瑟,丝丝凉意沁入心底,毫无生气的草、树上依稀的枝叶,在秋风中瑟缩、凋落。往日明净的露水,早已冷冻成霜。抬头只见灰蒙蒙的天空,一群群燕在向这里辞别归去,大雁也向南飞去了,留下孤零零的几片浮云。肝肠寸断,思念外出远游的良人啊。此刻远方的你,也应该忧思匆匆,思念着故乡吧。可是,为什么还要在他乡停留呢?贱妾孤零零地独守空房,想念着良人,对良人始终不归的忧愁,实在不能忘记。想着,忧着,不自觉地落泪了,泪水沾湿了我的衣裳。拿起古琴,轻轻拨动琴弦,却发出了哀怨的声音。简短的歌,低声吟唱,似断似续。皎皎的明月照在我的床上,星河沉沉向西流，忧愁不断，长夜漫漫。银河上，牵牛与织女远远互相观望，你们究竟有什么罪过，天河要将你们远远相隔。

【作品赏析】

题材上，普普通通一首闺怨诗，却让人读来满腹哀婉。全诗以思妇独自想念远行良人的忧愁、悲哀为感情色调，开头的萧瑟秋景，更进一步加深了哀婉的基调。"秋风""霜""雁"等景物，都是历来用于渲染悲哀、凄婉的感情色彩的，连续用多种渲染悲哀的景物，一步步累积，加深诗歌的感情，使全诗的情绪渐渐深入到新的层次。

与很多闺怨诗相比，所诉的事与情，并不算更胜一筹。但是，站在作者的角度看，该诗的感情能表达如此深切、真挚，实在是难得。曹丕作为上层统治阶级的一员，能够写出这么真切的哀怨情愫，是许多统治阶层的人所无法达到的。站在社会上层，领会社会下层人民的苦，用真挚的文字，带出对战争徭役的揭露、内心自然的感伤。就"慊慊""茕茕"两个简单叠词，直抒内心的孤单、愁苦，一个妇女，在家思夫，绵绵无尽的悲哀、凄凉之感，跃然纸上。

首先以景起兴，引出愁思妇弹琴、看明月，忧思远方的那个他，内心满满的纠结与伤愁。接着又以各种景物，勾引出更深的情愫，一步步加深全诗的感情色彩，使读者心里产生绵绵不绝的哀鸣。诗末，又借牵牛织女，来喻自己与远行的良人，思念却无法排遣，想见却无法相见。人生世事无法由自己掌控，忧思却无奈，更显其中的悲哀。

（陈颖虹）

七哀

曹植

明月照高楼,流光正徘徊。上有愁思妇,悲叹有余哀。
借问叹者谁,言是宕子妻。君行逾十年,孤妾常独栖。
君若清路尘,妾若浊水泥。浮沉各异势,会合何时谐?
愿为西南风,长逝入君怀。君怀良不开,贱妾当何依?

【古诗新译】

姣姣明月轻柔地照在高楼上,"我"在流光之下徘徊着。

看见高楼上有一位妇人,满脸哀愁,叹息中带有无尽的哀声。

我上前问道,她原来是久不归家的游子之妻。

游子已走了十年,而她孤身一人,面对着空房。

她心想啊,夫君若是路上尘,那她就是水中泥了。

与夫君浮沉相隔,什么时候才能相见?

而思妇愿意化为西南风,永远地待在夫君怀中。

可是夫君对我难以开怀,而我仅仅一个被抛弃的妇人可以依靠哪里?

【作品赏析】

曹植，曹操之子，大概是从相传他所创作的《七步诗》被后人熟知。在《七步诗》中，他建立起了一个重视骨肉之情、大有慷慨之义的形象。而这相传的，是否为真？的确，早期曹植才气满腹，早被曹操看作太子之选后来却是因为自己的不争之举，失去了这个机会。而后期的他，却未能实现抱负。

而后，曹植创作了《七哀》等一系列的诗词，都是表达自己在兄弟曹丕当上君王之后愿意辅助兄弟，不再追求高高在上的地位，只求能实现自己的人生抱负，实现自己的政治理想。可是，曹丕却一直不能放下自己对曹植的警惕，也只能将他封王远放。

《七哀》是一首五言闺怨诗，曹植用全篇幅写了一种爱情关系，思妇与丈夫离异，字字写爱情，却又句句暗含自己的亲情。

夜色里，明月最会让人不禁产生思念之情。诗中以"明月"起兴，抒发思念之情。开篇便点名情感。

黑夜里，却又带有流光之亮，更加渲染了这种朦胧伤感的思念氛围。这种思念的心声，就如同曹植的内心呐喊，想要报国却无路可走。哀叹却又不尽，更为惹人落泪。下一句以"借问"开头，引入问答的手法，表明曹植自己已经离开朝廷许久，早已没有了那时的争夺之意，仅剩忠心为国之心。然后将后一句的"宕子妻"既是曹植自己代入，妻以孤单十余年，与家君现在仿佛相隔两世，如同清尘与浊泥，也就如同曹植自己与曹操曹丕，不得相融。原来不得相融的，希望今后可以化解。如果可以，曹植愿像诗中一样，愿意化为清风，吹拂君王。然而君王始终没有敞开心胸。而最后，曹植用了"贱妾"一次，更道出了他心中的心酸和地位的低贱。

全诗仅有一个"哀"字，却又句句带尽哀情，而"哀"字前的"余"，道尽了当时曹植的哀，想要表达，也表达不尽。《七哀》用了爱情关系比拟自己与父亲曹操和其兄曹丕的政治上的关系，表面上写的是闺怨，却暗含了讽刺之意，言此而意在彼，让人在一个更为容易接受的角度去欣赏这首诗和可以更为深刻地理解曹植当时的那种心中之愤，让人有置身其中之感，使情感更为动人。

最后的结局是，兄弟之间的情谊还是敌不过政治之间的斗争，曹丕及曹丕的后人还是始终没有重用曹植，曹植一生抱有远大抱负，却开始因自己，后来因他人，而不得实现，一生，也未能实现自己的政治理想。

曹植死后，谥号"思"，又称"陈思王"。听说赐"思"字的原因，是为了让曹植死后也能思考着自己一生及反思一生的悲剧。

而最后的"七哀"题目中，似乎暗含了曹植一生的哀情，他，一生尽哀，最后也哀尽一生。

（陈智颖）

美女篇

曹植

美女妖且闲，采桑歧路间。柔条纷冉冉，落叶何翩翩。攘袖见素手，皓腕约金环。头上金爵钗，腰佩翠琅玕。明珠交玉体，珊瑚间木难。罗衣何飘飘，轻裾随风还。顾盼遗光彩，长啸气若兰。行使用息驾，休者以忘餐。借问女安在，乃在城南端。青楼临大路，高门结重关。容华耀朝日，谁不希令颜？媒氏何所营？玉帛不时安。佳人慕高义，求贤良独难。众人徒嗷嗷，安知彼所观？盛年处房室，中夜起长叹。

【古诗新译】

娇艳娴静的美女于错杂的羊肠小道间采桑。

柔软的桑枝轻颤，翩翩的桑叶起舞。

拂起长袖现出那纤白的素手，洁白的手腕束着夺目的金环。

头上别着金雀钗，腰间佩着翠琅玕。

明珠络结着玉体，珊瑚间隔着宝珠。

罗锦长衣飘飘，轻灵裙裾随风还。

回眸一盼遗落了夺目光彩，轻轻长啸陨落了幽幽兰香。

赶路者停车息驾，用餐者废食忘餐。

借问此美女居于何隅，原是在城南处。

青楼耸立于宽敞的大路前，高门结着重重门闩。

华美的容貌与朝阳同耀，谁人不钦慕她的容颜？

做媒的人如何经营，玉帛不及时安置？

佳人倾慕高洁义气，独独求得贤良艰难。

众人徒劳喧哗，又怎知她所期盼。

盛年独处房室中，夜半梦起长叹息。

【作品赏析】

世人皆知"南国有佳人，倾国又倾城"，却未曾能窥探佳人绝色容姿。但细品子建这一《美女篇》，你便能得到正解！

如此娇艳的美女却不傲气，独带一份娴静安祥。服饰华美讲究，却能于小道间劳作采桑。可谓是美貌与品德之完美结合。全篇字字珠玑，含蓄谐韵，给人带来绝美的享受。慢读诗篇，倾国美女跃然纸上。

移步换景的手法纯熟精炼。首先映入眼帘的便是那温婉美女于盘根错杂的羊肠小道间细细采摘沃若桑叶，桑枝轻摇，桑叶翩翩而落。再把视线从桑树处慢慢移回美女身上。先对美女纤柔玉手进行描写，以手部肌肤暗现全身肌肤粉白柔嫩。金雀钗，翠琅玕，明珠玉体，珊瑚宝珠。如此配饰于一身长裙飘飘，裙裾灵动。怎能不让人为此美而屏息凝目。明眸皓齿，回眸一盼；温润朱唇，轻轻长啸。幽兰香气便伴着与日同辉的光芒萦绕身旁，勾人心魂，摄人心神。

让人停车息驾，废食忘餐。

再次换景来到美女居处前青楼高耸，庭院深深，断绝了美女与世间的联系。盛年美女盼不来贤良夫婿，唯有终夜长叹，郁郁寡欢。

而此诗名为描写美女，实则抒发子建满腔忧愤。比兴手法炉火纯青。子建以美女自喻，自己空有满腹才华，却遭兄长忌恨，不得重用，远居南处，欲建功立业而不得。正值盛年而不得用，空度年华，故唯中夜长叹，以诗喻怀。不愧为建安风骨的集大成者，此篇绝美绝凄。

（梁素仪）

咏怀

阮籍

夜中不能寐,起坐弹鸣琴。
薄帷鉴明月,清风吹我襟。
孤鸿号外野,翔鸟鸣北林。
徘徊将何见,忧思独伤心。

【古诗新译】

半夜
万籁俱静
我却辗转难眠
在一声叹息中起身
独坐在昏昏然的夜色中
拨弦弄琴
抬头
望窗边云雾般的薄帷
掩去了月的流华
所看到的不过是朦胧月影

阵阵清风吹来

吹来

吹不散这云雾

徒扬起了我的衣襟

耳边

忽而响起了凄烈的哀号

盘旋不去的

那是遥遥苍野中孤独的天鹅

那是北方深林间不眠的飞鸟

在这凄凄然的夜色中踱步

来来回回

回回来来

我又能遇见什么

不过是满怀愁苦

独自伤心

【作品赏析】

阮籍，生在一个"名士少有全者"的血腥时代，他的行为放浪不羁，但他的诗往往是看似简单易懂，实则曲折幽深，暗含他隐而不发的愿望，让人难究其意。就像这咏怀首诗，我们能看出诗人注入其中的哀苦，却难读出他为何而愁，为何而悲。然而，阮籍的诗朴素之中意境深远，光是这无尽的忧思也足以耐人寻味。

诗中，诗人苦苦寻找发泄愁苦的出口。诗人困于愁苦，辗转难眠，半夜起床，是被内心的痛苦煎熬下的无奈之举。弹琴，不失为诗人的一个发泄口。可原本可以抒情娱乐的琴，不能将诗人从痛苦的深远里拯救出来——诗人虽在弹琴，可心不在琴上。他抬头望月，想寄托忧思，月光却又被薄帷阻隔。他想尽办法去发泄他的愁苦，却又不得，还好仍有丝缕清风让他得到片刻的安宁。然而这安宁的假象一下子被刺耳的哀鸣打破，诗人的内心的悲苦倾泻而出，于是，诗人不由得感叹，自己在夜里徘徊又能怎样，仍是满心忧思，满怀悲苦。诗人写下这首诗，也许也是他发泄的一种方式，他随兴而起，随心而写，但诗人在这字字句句中注满心中愁思，却迫于当时的黑暗而不能直抒胸臆。所以诗人心中仍是那无尽之苦。

诗人在半夜，弹"琴"，见"薄帷""月""清风""孤鸿""飞鸟"，它们与诗人的相遇，似乎是诗人随兴之举，似乎只是诗人为哀苦而哀苦的意象，但细细品来，却能读出些深意。琴，在古代，是琴、棋、书、画四大才能之首，是文人修养的象征；同时，琴被视为正乐，有"琴以禁制淫邪，正人心也"的说法。而诗人"弹鸣琴"则有坚定自己的本心，表明自己不欲与黑暗世道同流之愿。望月怀思，是古往今来文人的传统，月亮总能引起人们的无限想象。在诗人眼中，明亮的月是漫漫长夜中的唯一的光明，就如同诗人在黑暗岁月里的一盏明灯，但这唯一的光亮却被遮盖，诗人只能透过帘子隐隐约约地看到一个影子；月亮，又似诗人自身，才华横溢，却生在险恶黑暗之中，一身流光华采，只能掩盖在"薄帷"之后。"清风吹我襟"，"襟"象征着诗人的胸怀，在这一片黑暗中仍是有"清风"安慰诗人，理解诗人的哀痛，但是诗人的愁苦未减，因为诗人的烦闷愁思只能与"清风"诉说，而"清风"也吹不开这薄帘，吹不散这黑夜。诗人心中怀着悲苦，却抒发不得，而他的心中的长啸悲鸣正是诗中"孤鸿""飞鸟"的哀号。

在诗的最后，诗人似乎是自嘲般道"徘徊将何见"——其实，诗人心里尽是苦闷、哀痛，眼里看到的又怎能是花好月圆的好景呢？此时，诗人所看到的也不再是平常的花草树木，而是浸染了他的苦闷、哀痛的景物，而诗人所"徘徊"的是如同他内心一般孤寂悲凄的世界。所以，诗人心中即使盼望着美好的景物来纾解苦闷，但他心中之苦难让他满目尽是悲凉，眼前美景反而更添愁苦；换言之，诗人似乎永远摆脱不了这无尽之苦，就像他似乎永远摆脱不了当时那黑暗的世道。

（黄画捷）

西洲曲

佚名

忆梅下西洲,折梅寄江北。单衫杏子红,双鬓鸦雏色。
西洲在何处?两桨桥头渡。日暮伯劳飞,风吹乌桕树。
树下即门前,门中露翠钿。开门郎不至,出门采红莲。
采莲南塘秋,莲花过人头。低头弄莲子,莲子清如水。
置莲怀袖中,莲心彻底红。忆郎郎不至,仰首望飞鸿。
鸿飞满西洲,望郎上青楼。楼高望不见,尽日栏杆头。
栏杆十二曲,垂手明如月。卷帘天自高,海水摇空绿。
海水梦悠悠,君愁我亦愁。南风知我意,吹梦到西洲。

【古诗新译】

装满我思念的梅花已经到达西洲,我折下的梅花已经寄往心上人所在的江北。

身上穿的单衫是杏子一般的红色,双鬓的发色鲜亮得像刚出生般的乌鸦羽毛。

要问西洲究竟在哪里?摇着小船的两桨不久就可到达西洲的渡口。

仲夏傍晚伯劳鸟开始啼叫纷飞，晚风吹拂着开着小黄花的乌柏树。

乌柏树下是我家的门前，从门中露出我用来别头发的翠绿色的钿。

打开家门久久未见心上人前来，无奈下我打算出门去采红莲。

秋日在南塘采摘已经盛开的红莲，那里的莲花已经长至高过了人头。

我采下一朵盛开的红莲低头玩弄着，只见其中的莲心清丽如水色一般。

将莲花小心翼翼置在我的衣袖之中，清丽的莲心被杏红色的单衫彻底映红。

思念心上人可是他依旧未与我相见，我抬头望着那携有我书信远去的鸿雁。

带有书信的雁儿飞满了西洲的上空，我登上高高的青楼希望看见思念的人。

可是楼再高也望不见心心念念的他，我趴在高楼的栏杆上从日出望到日落。

看尽了高楼栏杆上镌刻的各种故事，垂放在栏杆上的双手明润如月光。

将帘子卷起会看到更加高远的天空，江水摇荡着一片空幽清远的深绿。

江水的悠悠正如我梦中的思念悠悠，思念的人心里的忧愁让我更忧愁。

如若南风能读懂我梦中思念的情意，请将我的梦吹向西洲让郎君知晓。

【作品赏析】

《西洲曲》一篇是南朝民歌的代表作品。其间的艺术魅力是毋庸置疑的，代表的是南朝民歌最高的艺术成就。全篇清丽通脱，不含晦涩难懂的典故也没有佶屈聱牙的生僻词汇，开篇第一句就奠定了一个思念远人的情感基调，带人进入到思妇与远人的那份清丽如水的爱情之中。且不论《西洲曲》是否作为南朝文学研究的"哥德巴赫猜想"这样争议如此巨大的名篇佳作之一，只读其中的那丝悠悠荡荡又说不清道不明的情感就已经让人欲罢不能。

在学术界的研究之中，《西洲曲》这一篇从作者到诗中暗含的人物再到诗歌里的时间地点都是不能完全肯定的。这也就是《西洲曲》的魅力之所在，神秘着，独特着，以一个千年前的最淳朴自然的之态在古色古香的韵味中等待着人们把它拆解。也许，解析到最后人们看到的依然是一个在栏杆头遥望着远处情郎的幽怨妇女，回过头以幽怨高冷的姿态回头看一眼现代偷窥了她心事的人们，然后继续仰首望向远方，等待着她即将回归的情郎。

对于这样一首千年前就出现的情感民谣来说，也许最浅显的意志便是其所想要表达的全部。千年前人们的情感也该如那时的物质文明一般是最纯朴的。因此，于《西洲曲》来说，在清丽的字面上一首囊括了四季的思妇诗也许对其是最好的诠释。

那位身着杏红色单衫，双鬟发色还是如雏鸦的羽毛鲜黑乌亮的少妇在开篇第一句"忆梅下西洲,折梅寄江北"就为读者奠定了她"所思在远处"的情感基调。一句"忆梅"一句"折梅"就交代了她过去的爱情美好的回忆并将其折下寄往江北,希望所思能够记起又是一年春光明媚,能够回忆起在一起的美好时光,并尽快回到自己的身边。接下来的两句,很融洽地呼应了前面寄梅表思念的一句,看似是问西洲在何处?实则是想要情郎回忆起少妇与他当时在西洲所发生的美好的故事,紧接着一句"两桨桥头渡"继续往下说,其实那时的美好离得并不远,就在你我身边,只要乘一只小船划两桨就会重新获得过去在西洲的美好,只要都在彼此身边。到这里,少妇在思念的情绪下走过了春季这个多情的季节。

在伯劳鸟纷飞啼叫的日暮,来到了盛夏,静坐在自家的门前,赏着开满小黄花的乌桕树,开始盼望起了情郎的归来。头上戴着翠绿色的发钿,敞开家门更敞开心门,晚风之下,以最美的姿态等待着情郎。无奈依旧等不到,于是只能出门去采红莲,为自己打发一点时间。到莲花开得最美的秋日南塘,撑着小船坐在那比人还高的莲花丛中央,随手掐来一朵开得正美的莲花。低下头玩弄着清丽如水的莲子,看着这样清丽的莲子,又想起了远方清丽的爱人,回忆起了那一段纯净如水的爱恋。于是小心翼翼地将这一朵莲花置于衣袖之中,莲心便被那杏红色的单衫彻底映红了。几句下来看似写事写景,实则却将诗人的情感毫无保留地融入景色之中。少妇回忆过往的细腻情愫,心怀热烈的对爱情的一颗赤诚之心。在诗人炉火纯青的"双关"手法的运用之下表现得淋漓尽致,"莲"与"怜"谐音,诗中女主人公弄莲,采莲都象征着其思念着过往的怜爱,"莲清如水"又象征着那一段纯洁的爱情。

在这一片清丽的莲花之间，少妇就更加盼望远方的爱人能快点回来。可是一直没有消息，于是便有了接下来的"仰首望飞鸿"，向远处的情郎寄去带有自己思念的信，"仰首望"一个无奈却又自然的动作，在不经意之间又流露出了少妇心中盼归的情愫。只可惜"鸿飞满西洲"依旧没有等到情人的音信。只能攀上青楼站在高处向情郎的方向望去。更让人心寒的是，就算楼高也望不见，只能从日出到日暮趴在栏杆上望着远处。作者在字里行间将诗中女主人公那种难以言明的感情处理得很微妙，没有粗俗的直接曝光，也不是点得不明不白而是一丝一扣融入了诗中主人公的动作之中，将不能明言的思君情愫表现在景与动作之中。

最后是深秋的一段抒情描写，"卷帘天自高，海水摇空绿。海水梦悠悠，君愁我亦愁。南风知我意，吹梦到西洲"。很明显的感情白描，没有一个字提到了少妇心中的情意，却又细致入微字字句句都是少妇的心意，更出乎常人意料的夜幕时分，诗中的女主人公盼望的不是能让自己梦见心心念念的情郎，而是希望能在梦中，南风将自己的情意吹向西洲，那个情郎所在的地方，让他知晓速归。这一段的感情深化让这一首民歌所表达的思想感情上升到了不一样的高度。不是单纯地让女主人公自己满足，更多的是完善这一段爱情，希望与郎君重拾过去的美好。

综上可见，《西洲曲》是一个女子思念远方情郎的作品。抛开其中种种幽暗不明的疑问，其中清丽的辞藻与炉火纯青的对感情的描写都能代表当时文学艺术的最高成就。无论是千年前还是当下，这篇作品都是让人拍案叫绝的。也因此,这篇被称作南朝文学研究"哥德巴赫猜想"的作品才能披着神秘的面纱,在一代又一代人的仰望之下,以一个幽怨清冷的女子的姿态,历久弥新地让人向往着,这就是《西洲曲》的魅力,在作者的炉火纯青下,那一份无法言喻的感情融会贯通于字里行间中。而在诗歌之外,更多的无法言喻藏在《西洲曲》古色古香的韵味之中,等着人们慢慢去品读,也许到最后,每个人的心目中,都有一个属于西洲曲独一无二的清冷幽怨的女子。

(叶见清)

归园田居

陶渊明

少无适俗韵,性本爱丘山。误落尘网中,一去三十年。
羁鸟恋旧林,池鱼思故渊。开荒南野际,守拙归园田。
方宅十余亩,草屋八九间。榆柳荫后檐,桃李罗堂前。
暧暧远人村,依依墟里烟。狗吠深巷中,鸡鸣桑树颠。
户庭无尘杂,虚室有余闲。久在樊笼里,复得返自然。

【古诗新译】

从小没有迎合世俗的气质,个性本就爱好山野。

错误地陷落在人世的罗网中,这一去就是十三年。

关在笼中的鸟儿依恋居住过的树林,养在池中的鱼儿思念生活过的深潭。

到南边的原野里去开荒,依着愚拙的心性回家耕种田园。

住宅四周有十多亩地,茅草房子有八九间。

榆树、柳树遮掩着后檐,桃树、李树罗列在堂前。

远远的村落依稀可见,炊烟随风轻柔地飘扬。

狗在深巷里叫,鸡在桑树顶鸣。

门庭里没有世俗琐杂的事情烦扰，空房中有的是空闲的时间。

长久地困在笼子里面，现在总算又能够返回到大自然了。

【作品赏析】

晋安帝义熙元年（405年）十一月，陶渊明辞去彭泽县令归田，从此再无出仕。《归园田居》一共五首，大约作于归田的第二年。本篇原列第一首，写诗人辞官归隐的志向和归田后的欣喜心情。

作者在诗的开篇写道，自己在年少时就没有迎合世俗的性格，却是生来就喜爱大自然的风物。"误落尘网中"一句多多少少有着对自己曾经无知而追悔的韵味。以"尘网"喻官场，足见出诗人对污浊黑暗官场的鄙夷和厌恶。

"羁鸟""池鱼"都是被束缚的动物，陶渊明用来自喻，表明他正像鸟恋归林、鱼思故渊一样地思恋美好的大自然，回到自然，也即重获自由。重获自由之后悠然"开荒南野际"以此来脱离以前的束缚做自己喜欢的事，这样便可以"守拙归园田"了。

虽然陶渊明从小生活在庐山脚下，这里的丘山、村落原本十分熟悉，但这次是挣脱官场羁绊，从樊笼尘网中永远回到自由天地，享受恬淡的自然、宁静幽谧的自然风光，不由有一种特殊的喜悦之情和清新之感。他后顾前瞻，远眺近观，方宅、草屋、榆柳、桃李、村落、炊烟，以至深巷狗吠、桑颠鸡鸣，无不是田园实景，又无一不构成诗人胸中的真趣。"暧暧"，远景模糊；"依依"，轻烟袅袅。在这冲淡静谧之中，加几声鸡鸣狗吠，越发点染出乡居生活的宁静悠闲。

最后回归到自己的心境。"虚室"与"户庭"对应,既指空闲寂静的居室,又指诗人悠然常闲的心境。结尾两句"久在樊笼里,复得返自然"回应了诗的开头。这里显示的人格,既非别墅隐士,又非田野农夫。罢官归隐的士大夫有优越的物质生活,锄禾田间的农夫缺乏陶渊明的精神生活,所以陶渊明是真正能领略自然之趣、真正能从躬耕劳作中获得心灵安适的诗人和哲人。在归隐生活中不失方向,更不失作者对内心真正向往的大自然风光的喜爱。

整首诗主要是以追悔开始,以庆幸结束,追悔自己"误落尘网""久在樊笼"的压抑与痛苦,庆幸自己终"归园田"、复"返自然"的惬意与欢欣,真切表达了诗人对污浊官场的厌恶,对山林隐居生活的无限向往与怡然陶醉。

(陈树泳)

第四部分 04
隋唐时期

代悲白头翁

刘希夷

洛阳城东桃李花,飞来飞去落谁家。洛阳女儿好颜色,坐见落花长叹息。今年花落颜色改,明年花开复谁在!已见松柏摧为薪,更闻桑田变成海。古人无复洛城东,今人还对落花风。年年岁岁花相似,岁岁年年人不同。寄言全盛红颜子,应怜半百白头翁。此翁白头真可怜,伊昔红颜美少年。公子王孙芳树下,清歌妙舞落花前。光禄池台开锦绣,将军楼阁画神仙。一朝卧病无相识,三春行乐在谁边?宛转蛾眉能几时,须臾鹤发乱如丝。但看古来歌舞地,惟有黄昏鸟雀悲。

【古诗新译】

洛阳城东的桃花随风飘转,飞来飞去,不知落入了谁家?

洛阳女子有着娇艳的容颜,独坐院中,看着零落的桃李花而长声叹息。

今年我在这里看着桃花李花因凋零而颜色衰减,明年花开时节不知又有谁还能看见那繁花似锦的盛况?

已经看见了俊秀挺拔的松柏被摧残砍伐作为薪柴,又听说那桑田变成了汪洋大海。

故人现已不再悲叹洛阳城东凋零的桃李花了,而今人却仍对着随风飘零的落花而伤怀。

年年岁岁繁花依旧,年年岁岁看花之人却不相同。

转告那些正值青春年华的红颜少年,应该怜悯这位已是半死之人的白头老翁。

如今他白发苍苍,真是可怜,然而他从前亦是一位风流倜傥的红颜美少年。

这白头老翁当年曾与公子王孙寻欢作乐于芳树之下,吟赏清歌妙舞于落花之前。

亦曾像东汉光禄勋马防那样以锦绣装饰池台,又如贵戚梁冀在府第楼阁中到处涂画云气神仙。

白头老翁如今一朝卧病在床,便无人理睬,往昔的三春行乐,清歌妙舞如今又到哪里去了呢?

而美人的青春娇颜同样又能保持几时?须臾之间,已是鹤发蓬乱,雪白如丝了。

只见那古往今来的歌舞之池,剩下的只有黄昏的鸟雀在空自悲鸣。

【作品赏析】

《代悲白头翁》前半部写洛阳女儿为落花叹息,抒发花落无时、红颜易老的感慨;后半部直言"伊昔美少年"须臾"半百白头翁"的无限苍凉,直抒青春易逝、富贵无常的无奈。"寄言全盛红颜子,应怜百死白头翁"二句承上启下,把红颜女儿与白头老翁的具体命运加以典型化,表现出在封建社会下男女老少的悲剧命运,引人深思。

洛阳女儿望城东桃李花,花娇却凋且败,"飞来飞去落谁家",不禁长叹息。如今我看桃李花因凋零而不再美艳,明年又有谁能欣赏这繁花呢?"松柏摧为薪,桑田变成海",世事变迁,曾经的桑田已为浩浩大海。这不正是当年寒窗十二载的我们吗?埋头书海题海不顾沧海桑田,只为心中理想。却不料"年年岁岁花相似,岁岁年年人不同",我们摸索着踏向远方,春秋年岁,曾经满怀憧憬充满希望的倜傥美少年皆已为"白头翁",当年梦想随之一去不返。

"寄言全盛红颜子,应怜半死白头翁。此翁白头真可怜,伊昔红颜美少年。"垂老还恋伊昔红颜,悲哉!盛颜难驻,吾辈若仅"公子王孙芳树下,清歌妙舞落花前。光禄池台文锦绣,将军楼阁画神仙",贪图享乐颓废度日,老来"惟有黄昏鸟雀悲",悲哉!

"宛转蛾眉能几时?须臾鹤发乱如丝。"青春如白驹过隙,稍纵即逝。大好春光瞬即"摧为薪",人生该如何安排,弥留之际才不觉后悔遗憾?社会竞争日益激烈,人才济济,空有文凭而内涵空荡荡注定被淘汰。珍视青春,掌握命运,靠扎实的能力脱颖而出。珍惜当下,不悔过去。

劝君莫惜金缕衣,劝君惜取少年时。

(黎仪琳)

春江花月夜

张若虚

春江潮水连海平，海上明月共潮生。滟滟随波千万里，何处春江无月明。江流宛转绕芳甸，月照花林皆似霰。空里流霜不觉飞，汀上白沙看不见。江天一色无纤尘，皎皎空中孤月轮。江畔何人初见月？江月何年初照人。人生代代无穷已，江月年年望相似。不知江月待何人，但见长江送流水。白云一片去悠悠，青枫浦上不胜愁。谁家今夜扁舟子？何处相思明月楼？可怜楼上月徘徊，应照离人妆镜台。玉户帘中卷不去，捣衣砧上拂还来。此时相望不相闻，愿逐月华流照君。鸿雁长飞光不度，鱼龙潜跃水成文。昨夜闲潭梦落花，可怜春半不还家。江水流春去欲尽，江潭落月复西斜。斜月沉沉藏海雾，碣石潇湘无限路。不知乘月几人归，落月摇情满江树。

【古诗新译】

春天江水潮水和大海连成一片，海上的明月伴随着潮水的涌动一同升起。

月亮的光随着波浪闪耀到很远，哪个地方会感受不到月亮的光呢？

江水婉转地绕着芳香的草地流淌，月光照耀着花林像细碎的雪珠闪烁。

空中的白霜流布感觉不到它在飞翔，岸边的白沙也看不清晰了。

江水与天空连成了一片看不到灰尘，只有一轮孤独的明月挂在天上。

江边上是什么人最早见到月亮的？江上的明月又是哪一年第一次照耀着人的呢？

人生一代又一代地繁衍无穷无尽，人们年复一年地眺望月亮亘古不变。

没有人知道江上的月亮在等着谁，只看见长长的大江不断地送走流水。

一片白云向远空缓缓飘去，青枫浦上游子忧愁不绝。

谁家的游子今晚坐着小船漂流在外？什么地方有人在明月楼上相思？

可怜楼上月光在不停地徘徊，应该在照耀着离人的梳妆台。

月光透过闺房中的门帘照了进来，希望可以随着月光去照耀着您。

送信的雁可以飞很远却不能随着月光到你身边，送信的鱼也只是在水面激起波纹。

昨天晚上梦见花朵落在闲置的水潭上，可怜春天过了一半还不回家。

春光就要随着江水流尽，水潭上的落月也在向西边倾斜。

斜月慢慢下沉就要藏在海雾里，碣石和潇湘的中间隔着无限的距离。

不知道有几个人可以乘着月光回家，只知道落月摇着离情铺满了树林。

【作品赏析】

这是一首描写春天江边月下美景，抒发思妇游子相思之情，并引发对人生的哲理性的思索的离情诗。整首诗的基调是以悲为主，游子思妇想见而不能见的悲，人生短暂，理想不能实现的悲，连景色都寄托了作者悲的含义。即使很美，但从作者笔中，人们却能读出淡淡的哀愁和孤单清静。

这首诗前半段写景，后半段抒情，含有诗人对人生哲理性的思索。诗以春江花月夜开头，然后写到月亮，再写到波浪。从"春江潮水连海平"到"皎皎空中孤月轮"是诗歌的前半段，主要是描写作者所见到的景色。写了潮水、海水、明月、波涛等景色，描绘出了一幅轻彩淡痕、澄明恬静、神韵飞动的水墨彩图。这幅美景，看似恬静美好，而在最后"孤月轮"，我们却可以看到孤独、寂寞的感情，也是作者真实情感的流露。

随后作者便将游子思妇的相思之情和自己对人生哲理性的理解进行了诠释，特别是其中对人生的哲理性理解尤为深刻，我想这也是这首诗可以流传千古的重要原因之一。"江畔何人初见月，江月何年初照人。人生代代无穷已，江月年年望相似。不知江月待何人，但见长江送流水。"正是前面孤独的月光，引发了诗人这一连串诗意的哲理性思索。年年岁岁，天上的月亮是亘古不变的，不会因为看月亮的人变化而发生变化。但看月亮的人却是在代代更替的。这也表达了作者对人生短暂的感慨。既然人生短暂，我们就应该好好珍惜现在，珍惜身边的人，可天底下又有多少游子思妇，相隔两地而不能相见呢。

（黄揽月）

山居秋暝

王维

空山新雨后，天气晚来秋。
明月松间照，清泉石上流。
竹喧归浣女，莲动下渔舟。
随意春芳歇，王孙自可留。

【古诗新译】

空灵神秘的深林被滴滴星雨装饰，空气中弥漫着秋天凉爽宜人的气息。

弯弯的明月柔和地将光芒照射在松林间，清澈的泉水在石子上涓涓流淌。

幽静的竹林间传来了洗衣女孩的喧笑，莲蓬轻轻地抖动，那时渔船在行走。

正是如此随遇而安的静林美景让我可以安心随意地停留幽居啊！

【作品赏析】

什么时候喜欢上王维的呢？大概是因为他的那句"行到水穷处，

坐看云起时"。从我小时候他就是一位耳熟能详的诗人,他的名字看得太多了,诗也背得太多了,很轻易地就对王维造成了一种麻木感。也或许是因为我遇到他的时候年龄还太小了,太多的东西不懂,对于教科书上的王维也没有太多的感触。

猛然懂得他,似乎已是多年以后,当我长大后的某一个时刻再次接触他的诗句,有种"蓦然回首,那人却在,灯火阑珊处"的感觉。毫无疑问,喜欢他是因为我跟他是同一种类型的人,我赞同他,欣赏他,他的身上有一种我想拥有的品质。而这种品质,在《山居秋暝》这首诗中淡淡地一点一点地从字里行间、从月影涟动间显现出来。

正如苏轼所说:"味摩诘之诗,诗中有画;观摩诘之画,画中有诗。"诗中开篇,涌入脑海中的就是那副清凉干爽的秋景图。在那山间有我向往的神秘的树林,经过点滴小雨的洗礼,空气中的泥土气息愈发浓郁,大自然的清香直扑鼻尖,满天繁星捧着那圆圆的明月,月儿用它那温暖的光芒柔和地轻抚在松林间,清澈的泉水涓涓流淌在石子上。世间万物,生生不息地运动着,静静地做着自己的事情,而不管外物如何,它都依旧如初,自然地接受一切,无论是平淡还是突变。这样寂静和谐的深山夜空,我曾经去过,我亦曾经一个人在黑夜中,躺在院子的竹椅上,静视天空。那里没有城市五彩斑斓的霓虹灯,也没有路灯,一丝城市的杂质都没有。只有凉爽的微风吹拂你的发丝,和头顶上布满的城市上空所没有的繁星,如雨点般,迷人得让你吃惊,舍不得移开双目。那是一种"前无古人,后无来者"的苍凉感,仿佛天地间只有你一个人的孤寂感,却让人无限地接近自己的灵魂。也只有这个时候，人们才能够脱离世俗纷乱繁杂的关系，回归本我，发现自己的渺小。

是日，幽静的竹林间传来了洗衣女孩的喧笑，莲蓬轻轻抖动，那是渔船在行走。简短的一句诗，便将归隐生活的那种轻松、无忧无虑的心情勾勒出来。而我最喜欢最后一句"随意春芳歇，王孙自可留"中的"随意"，整句诗散发着一种随遇而安的思想，随性而行、安然超脱的淡然。

这是他的追求，亦是我的追求。这大概就是所谓得"此心安处及吾乡"吧，他是一个"心"的追随者，我想我也是。在这个高速发展的时代中，归隐依然有着独特的意义，而我依旧希望能成为那个"闲看庭前花开花落，望空中云卷云舒"的人。

（官璐）

塞下曲

王昌龄

饮马渡秋水,水寒风似刀。
平沙日未没,黯黯见临洮。
昔日长城站,咸言意气高。
黄尘足今古,白骨乱蓬蒿。

【古诗新译】

深秋黄昏,军士牵着马来到洮水畔,牵马入水。河水的寒冷,令人瑟瑟发抖,塞外秋风像刀割一样吹在脸上。

暮色苍茫,广袤的沙漠望不到边,天边挂着一轮金黄的落日,临洮城远远地隐现在暮色中。

曾经是长城之战大败吐蕃的地方,令人意气风发的地方。

临洮这一带沙漠地区,一年四季,黄尘弥漫。战死者的白骨,如无用之物般杂乱地弃在蓬蒿间,从古到今,都是如此。

【作品赏析】

该诗写出征战的残酷,具有强烈的人民性和历史的纵深感。语言简练，极富表现力。这首诗是以大漠为背景，描绘战争的悲惨残酷。诗的前四句写塞外晚秋时节，平沙落日的荒凉景象；后四句写临洮战场一带，白骨成丘，景象荒凉。全诗写得触目惊心，表达了非战思想。

同时代的诗人王翰就写到"葡萄美酒夜光杯，欲饮琵琶马上催。醉卧沙场君莫笑，古来征战几人回"。两者皆是创造清刚劲健之美的诗人，而王翰用其当时士人特有的那种极其坦荡的心情和豪健的风格，以豪饮旷达写征战，连珠丽辞中蕴含着清刚顿挫之气。而王昌龄因出身孤寒和受道教虚玄思想的影响，他身上也就有种一般豪侠之士缺乏的深沉，带着透视历史的厚重感。字里行间藏着厚厚的深沉。

在王昌龄的这首诗里，他通过对塞外景物和昔日战争遗址的描述，开头他用边塞诗必有的苍凉之物——落日、广漠、黄尘侧面描绘了一幅塞外枯旷苦冷画。诗人特地把描写的时间定在深秋的黄昏，淡淡的暮色落在广阔无边的大漠，这便把整首诗都笼罩在悲凉的气氛之中。一个战马和军士们踏入水中，寒冷得如刀刮一般、众人皆传意气风发的战场，成为一个铺满将士白骨的荒凉之地，黄尘弥漫，蓬蒿杂乱。"咸言"二字道出"昔日长城站"意气风发，丝毫没有自己的观点，而后又用对比的手法，把临洮这装载着许多战士保家卫国、建功立业的地方，写得极为荒凉：黄尘弥漫、白骨满地。诗人就是用这样的笔触，没有一个讨论字眼，却将战争的残酷极其深刻地揭示出来。这种议论、说理更具震撼人心的力量，手法极其高妙。

（吕伟娜）

望庐山瀑布

李白

日照香炉生紫烟，遥看瀑布挂前川。
飞流直下三千尺，疑是银河落九天。

【古诗新译】

太阳高高挂于天空上，照射着香炉峰蔓生出紫色云烟。遥看着瀑布垂直挂在面前的山川上。瀑布像是飞下来的流水一般落下三千尺的高度，不禁令人怀疑那是银河在九天上倾泻下来。

【作品赏析】

《望庐山瀑布》此篇是李白身为豪迈诗人的代表性诗篇，虽然篇幅短小，却毫不掩盖地写出了庐山瀑布的壮丽。李白为人大气，爱好游玩山水，他的一生中写出了很多赞颂山水风景的名篇，《望庐山瀑布》就是其中一篇，仅用二十八个字就表现出了诗人虽然身处逆境，但却拥有非常乐观的心态和热爱山川的兴致。

本诗所用语言浅显准确，"日照香炉生紫烟"一句，说的就是强烈的太阳光落在香炉峰上，山上显现出美丽的紫色光彩，"紫"在这里，不仅很形象地写出了山上的色彩美，那缕缕光彩如同烟雾一般，又会令读者觉得这是动态美，烟雾会随着风来来去去地飘动，更加增添了日光照耀在山上形象的美感。

"遥看瀑布挂前川"这一句，表现了诗人是在有些距离的地方观赏这美好的风景，"挂"这个词诗人拿捏得非常准确，"挂"显示了瀑布一冲而下的气势锐不可当，也表现了瀑布垂直挂在山川前面，流动之快令人感受到瀑布反而如同静止一般，挂在山前，如同一张白色的帘子，实际上，这才突出了瀑布的垂直美和流动的快速。

如果说前面一句为这一句作了较为隐匿的铺垫，那么"飞流直下三千尺"这一句，就更为直观地写出了瀑布的快速流泻之动态，更能够让读者感受到瀑布飞流直下的动态美。

"疑是银河落九天"一句，以夸张手法直观地说出了瀑布阔大的气势。九天，是天外的九重，是天的最外层，瀑布竟然有如此巨大的气势，如同银河从天外流泻下来，一个"疑"令读者浮想联翩，更是增添了瀑布的神秘和气势。

此诗篇运用了比喻和夸张等多种手法，描绘、表现出了庐山瀑布的磅礴气势和大自然神奇的魅力，令读者读来享受其中，同时感受到诗人的乐观从容心态和热爱山水的心境。

（林安祺）

月下独酌

李白

花间一壶酒,独酌无相亲。
举杯邀明月,对影成三人。
月既不解饮,影徒随我身。
暂伴月将影,行乐须及春。
我歌月徘徊,我舞影零乱。
醒时同交欢,醉后各分散。
永结无情游,相期邈云汉。

【古诗新译】

花丛之中有一壶酒,我一个人饮着没有人陪伴。
举起酒杯对着明月相邀,映下的影子一起有三个人。
这月亮喝不了酒,这影子也只能跟随着我的身体。
暂且伴着这月和影罢,正值春光良辰必须及时行乐啊。
我唱起歌的时候月光徘徊,我跳起舞的时候影子零零散乱。
醒的时候一同交欢畅饮,醉酒之后就各自分别吧。
永远地结下这没有牵挂的交情,相互约定直至入道成仙。

【作品赏析】

　　这首诗是李白中后期的作品，经历过一系列的政治失意的打击之后的李太白更加向往入道成仙。因为俗世之中，他无所谓"茕茕孑立，形影相吊"，孤寂彷徨地行走于这快被掏空了的大唐盛世下。因为孤寂，因为还向往仙人之姿，在夜间李白尚未有困意，在一座庭院之中，那是花团锦簇的繁茂生机，但是他一人、一桌、一壶酒，月下独酌。

　　如何排遣这寂寞？如何表达这孤独？浪漫主义的手法，也是现实无奈冷清的逼迫下，李白只能一人举起酒杯对明月发出邀请。结果却是令人惊异的——月下、我，还有影子，竟然从孤孤单单的一个我变成了三人，这就是李白的浪漫！可惜柳暗尚未花明，现实还仍旧是残酷的，因为月亮和影子都只是物品，拟人的修辞手法也只是虚拟的存在。所以随着这两句诗写下"月既不解饮，影徒随我身"，李白的心也完全倾吐了出来，他还是孤寂的。哪怕后面的几句诗中李白看似有多么的欢乐、自由，甚至有仙人的感觉，都在这一句肯定的基调中，显得格外单薄。

　　那么只能暂且和月影陪伴了！李白心中的乐观也成了他排遣心中寂寞的工具，他挣扎地想去及时行乐，在春光正好的时节，自己内心的孤独在夜晚赤裸裸地暴露出来，寻欢作乐何尝不是一种孤独呢？我歌，我舞，这是李白再次浪漫的表达。歌舞之中，月亮和影子的陪伴变得越发真实，她们和他一起徘徊，她们和他一起凌乱……这是幻想的海洋，这是醉酒的狂放。醉醒之间，有三者的相互交欢，有彼此无牵无挂的分散。诗人处在这似真实似虚无的世界，于是他写下了这真实、虚幻、浪漫的诗句。实际上这是他心中孤寂所物化出来的诗，因为虚幻，他也许才可以凭借这一种方式，来"直面"寂寞，才能随心所欲地说出离别和分散。最后他呐喊也是寂寞无助地叹言道："永结无情游，相期邈云汉。"李白浪漫的狂想曲最终写下了最无情的休止符，他与月和影结成了神仙伴侣，是没有牵挂的愁缕，是没有期限的约定，是在云汉星河之中的情感。这是李白超脱的浪漫的心。

　　诗人的句句表达，最终折射出他所面临的黑暗的现实社会。浪漫主义的手法不过是为了排遣心中的伶仃，他对于悟道成仙的追求也不过是因为现实的苦闷。诗中的感情一步步地升华，而诗人寄托也随之升到了天边的灿烂星河，最终所有虚幻的表达下，是李白孤单寂寞的一颗心。

（解邡月）

梦游天姥吟留别

李白

　　海客谈瀛洲，烟涛微茫信难求，越人语天姥，云霞明灭或可睹。天姥连天向天横，势拔五岳掩赤城。天台一万八千丈，对此欲倒东南倾。我欲因之梦吴越，一夜飞渡镜湖月。湖月照我影，送我至剡溪。谢公宿处今尚在，渌水荡漾清猿啼。脚著谢公屐，身登青云梯。半壁见海日，空中闻天鸡。千岩万转路不定，迷花倚石忽已暝。熊咆龙吟殷岩泉，栗深林兮惊层巅。云青青兮欲雨，水澹澹兮生烟。列缺霹雳，丘峦崩摧，洞天石扉，訇然中开。青冥浩荡不见底，日月照耀金银台。霓为衣兮风为马，云之君兮纷纷而来下。虎鼓瑟兮鸾回车，仙之人兮列如麻。忽魂悸以魄动，恍惊起而长嗟。惟觉时之枕席，失向来之烟霞。世间行乐亦如此，古来万事东流水。别君去兮何时还？且放白鹿青崖间，须行即骑访名山。安能摧眉折腰事权贵，使我不得开心颜。

【古诗新译】

　　航海的水手们谈起瀛洲，总说在烟波飘渺的大海中瀛洲难以找寻。浙江儿女谈起天姥山，总被其高耸入云的山峰所折服，天姥山在云雾霞光中有时能隐约看见。高高耸立，连着天际，横向天外，仿佛要与天比高。山高过五岳，遮掩赤城山。天台山高一万八千丈，对着天姥山好像要向东南倾斜拜倒一样。我伴随越人的话语梦游到了吴越，飞渡过了明月映照的镜湖，月光照着我的影子，一直送我到了剡溪。谢灵运的住所依旧在，清澈的湖水微荡漾，猿猴清啼。脚上穿着谢公当年特制的木鞋，攀登直上云霄的山路。爬到半山腰就看见了从海上升起的太阳，空中传来天鸡的叫声。沿着蜿蜒的山路，一路迷恋着花，依倚着石头，不觉天色已晚了。熊在怒吼，龙在长鸣，岩中的泉水在震响，使山峰森林战栗惊颤。云层黑沉沉的，像是要下雨，水波动荡生起了烟雾。电光闪闪，雷声轰鸣，山峰好像要被崩塌似的。仙府的石门，訇的一声从中间打开。天色昏暗看不到洞底，日月照耀着金银做的宫阙。用彩虹做衣裳，将风作为马来乘，云中的神仙们纷纷下来。老虎弹琴，鸾鸟拉车。仙人们排成列，多如密麻。忽然惊魂动魄，恍然惊醒起来而长长地叹息。醒来时只有身边的枕席，刚才梦中所见的烟雾云霞全都消失了。人世间的欢乐也不过如此，自古以来万事都像东流的水一样一去不复返。与君分别何时才能回来，暂且把白鹿放牧在青崖间，等到游览时就骑上它访名川大山。我岂能卑躬屈膝，去侍奉权贵，使我不得开心颜！

【作品赏析】

李白一生徜徉山水之间，热爱山水，达到梦寐以求的境地。此诗所描写的梦游，也许并非完全虚托，但无论是否虚托，梦游就更适于超脱现实，更便于发挥他的想象和夸张的才能了。

诗一开始先说古代传说中的海外仙境——瀛洲，虚无缥缈，不可寻求；而现实中的天姥山在浮云彩霓中时隐时现，真是胜似仙境。以虚衬实，突出了天姥胜景，暗蕴着诗人对天姥山的向往，写得富有神奇色彩，引人入胜。

一幅一幅瑰丽变幻的奇景，天姥山隐于云霞明灭之中，引起了人们探求的想望。我随着诗人一起进入了梦幻之中，仿佛在月夜清光的照射下，飞渡过明镜一样的镜湖，明月把影子映照在镜湖之上，而后穿着木屐直登青云梯。却又于山花迷人、倚石暂憩之中，忽觉暮色降临，旦暮之变何其倏忽。暮色中熊咆龙吟，震响于山谷之间，深林为之战栗，层巅为之惊动。不止有生命的熊与龙以吟、咆表达情感，就连层巅、深林也能战栗、惊动，烟、水、青云都饱含阴郁，与诗人的情感，融成一体，形成统一的氛围。前面以浪漫的文笔抒写天姥山，既深且远。后写吴越梦境盛大而热烈的场面。"仙之人兮列如麻"！群仙好像列队迎接诗人的到来。金台、银台与日月交相辉映，景色壮丽，异彩缤纷，何等的惊心炫目，光耀夺人！仙山的盛会正是人世间生活的反映。这里除了有他长期漫游经历过的万壑千山的印象、古代传说、屈原诗歌的启发与影响，也有长安三年宫廷生活的印迹，这一切通过浪漫主义的非凡想象凝聚在一起，才有这般辉煌灿烂、气象万千的描绘。

（陈捷达）

将进酒

李白

君不见,黄河之水天上来,奔流到海不复回!君不见,高堂明镜悲白发,朝如青丝暮成雪。人生得意须尽欢,莫使金樽空对月。天生我材必有用,千金散尽还复来。烹羊宰牛且为乐,会须一饮三百杯。岑夫子,丹丘生,将进酒,杯莫停。与君歌一曲,请君为我倾耳听。钟鼓馔玉不足贵,但愿长醉不复醒。古来圣贤皆寂寞,唯有饮者留其名。陈王昔时宴平乐,斗酒十千恣欢谑。主人何为言少钱,径须沽取对君酌。五花马,千金裘,呼儿将出换美酒,与尔同销万古愁!

【古诗新译】

你看不到,黄河的水从天上流下,向大海奔流,没有再次回来的机会。

你看不到,坐在高堂里明亮的镜子前,看到自己的白发而感到悲伤,早上像青丝,晚上却像白雪。

人生得意的时候就要尽情欢乐,不要让金色的酒杯空空地对着月亮。

天注定我有才能，那么才能就会有展现用处的一天，千金全散了，也会再回来。

宰羊牛、煮羊牛，即使行乐，想喝酒的时候，一口便饮下三百杯。

岑夫子和丹丘生啊！快喝酒，不要放下酒杯！

我为你们唱一首歌，请你们都来侧耳倾听：

鼓与玉都不足以称贵，但愿长久喝醉不再醒来。

从古至今，圣贤们都会寂寞，唯有喝酒的人可以留下他的名字。

就如同，陈王曹植当年宴设乐平关，斗酒万钱，宾主豪饮，尽情欢乐。

所以啊，主人为什么要说钱少，尽管端出酒来让我喝。

美丽的马，值千金的裘衣，都拿来换美酒，和你们一起消除万年的愁怨。

【作品赏析】

这是诗仙李白的一首代表诗作，其中不少诗句脍炙人口，为世代人所熟知。将进酒是汉乐府旧题，李白深受汉乐府诗的影响，借题来抒发咏酒所想之情。

形式上，李白借鉴了鲍照的写作模式，采用了变换句式的形式。这首诗用三言、五言、七言句法错杂结构而成。给人一种情感层层爆发的真实感，朗读起来带有激昂的情感。的确，李白一直都是性情中人，也正是想用诗表达自己内心的郁闷激愤，抒发自己的人生不平之情。李白写这首诗的时候，是他被朝廷排挤出京后，因不受重用而思想烦闷，踏上祖国山河漫漫旅途。期间途经黄河，便有感而发。

第一大段，感时光流逝。黄河滚滚，就如同时间流逝，只会向前奔流，而我只能眼看自己的头发从青丝变成白雪。

第二大段，惜当下乐未来。时光不能倒流，所以要知足，尽情享受每一刻所拥有的快乐；当没有欢乐的时候，要展望未来，因为天生我材必有用，因为烹羊宰牛也可作乐。

第三大段，喝酒来高歌一曲。现实太黑暗，曾经的钟鼓馔玉都变成了一场梦，借酒消愁不愿醒。没钱也不要紧，如同陈王昔时宴平乐，只要让喝酒的人消愁就好。

最后一句，愿换酒解愁。李白放下豪言，五花千里马，千金狐皮裘都要拿来换美酒，唯有愁散了，才能继续乐观走下去。

杜甫在《赠李白》里写到"痛饮狂歌空度日，飞扬跋扈为谁雄"。这句话从《将进酒》都可以看出。李白爱喝酒，空有官场梦而无法实现，可是李白依旧浪漫，写下的诗都是虚幻美妙且慷慨大气的。之所以要喝酒，原因是李白的愁。李白留念往事，但更在乎未来的路。他但愿长醉不复醒，但也坚信千金散尽还复来。他在看到黄河那一刻是伤感的，但他选择让自己保持乐观。可以看出他纠结的内心情感，他想借酒浇愁。酒醉了，愁解了，酒醒了，我还是那个无畏时间之水、昂首向前的我。

（周凯怡）

阁夜

杜甫

岁暮阴阳催短景,天涯霜雪霁寒宵。
五更鼓角声悲壮,三峡星河影动摇。
野哭千家闻战伐,夷歌数处起渔樵。
卧龙跃马终黄土,人事音书漫寂寥。

【古诗新译】

临近年末,到了寒冬季节,白日变得越来越短促;漫天遍地的大雪,也都在这寒峭的夜晚停止纷飞了。

五更时分,远处传来的号角鼓声使人悲壮不已;天上的星星,倒映在三峡的河流中,倒影摇曳不定。

战乱消息传来,四野之内皆可听到千家万户连成一片的哭声;数处地方,响起了渔民樵夫所唱的歌谣。

不管是诸葛亮还是公孙述,最终都会尘归黄土;因郊游或者亲友们的书信慰藉所引起的寂寥又算得上什么呢?

【作品赏析】

杜甫的诗一向有"诗史"之称，他的诗大部分反映了当时的社会背景、政治环境以及民间见闻，具有现实主义的风格。《阁夜》一诗，是杜甫后期的代表作之一，它反映了"安史之乱"后军阀混战不休，战乱连年不断，百姓苦不堪言，其中更是夹杂着作者对于亲朋好友的怀念之情以及自己的见闻感慨等。

首联就已经为全诗营造了一种悲怆、冷清的氛围，寒冬时节短促的白日、寒峭的夜晚等，都会让人不由自主感到一种悲凉、冷清，在首联中，"催"字用得极妙，生动形象地写出了时光流逝、白日短促的特点，耐人寻味。其次，"岁暮"点明了时间，而且寒冬这个时节，一直给人一种悲凉、萧索的印象，诗人写寒冬季节，就是为了更好地营造悲怆、冷清的气氛。其中，此处的"天涯"可以说具有一语双关的作用，一方面指漫天遍地的大雪，但更深层却是指诗人流落天涯、有家归不得的无奈。

颔联的基本感情格调与首联相似，颔联也是属于写景见闻，诗人在五更天听到军队的鼓声号角，联想到如今战乱不断，处处都能听到这种鼓声号角，因此感到悲壮不已。诗人还描写了星星倒映在三峡江流中，星影在江中摇曳不定的美景，一方面写出了他所看到的江面美景，另一方面也与鼓声号角形成了对比，面对如此美丽的夜景，但是由于战争的原因，大家都无暇欣赏此等美景。"五更天"，江中夜景，这次都从侧面反映了诗人一夜无眠，满怀心事。

颈联书写了诗人在其流落的地方夔州的见闻，战争的消息传来，当地的百姓都恸哭起来，四野之内都可听到他们的哀号声。数处地方响起了渔夫和樵夫的唱和歌谣，唱和民歌本来是一件很欢快的事情，但是这里却是为了反衬千家万户的恸哭声，写出了诗人悲伤无奈的心情。颈联的描写，也正是杜甫诗的特点，反映社会现实，有强烈的忧国忧民意识。

尾联用典，以诸葛亮、公孙述这两位英雄人物去世后都终究会埋葬在黄土之下，表明无论多么伟大的人物，死后都还是会尘归黄土，这就有了一种超脱和自我安慰之感，诗人认为无论是什么样的人，无论你的才智、地位如何，终究逃脱不了死后归为黄土的命运。由此看来，诗人的那些因郊游游玩不成还有因人际故事所引发的寂寥之情又算得了什么呢？这也突出了诗人的忧国忧民、以天下百姓为先的积极入世精神。

（顾紫玲）

春望

杜甫

国破山河在,城春草木深。
感时花溅泪,恨别鸟惊心。
烽火连三月,家书抵万金。
白头搔更短,浑欲不胜簪。

【古诗新译】

国都已被攻破,只有山河尚存,长安城春天满目凄凉,到处草木丛生。

伤感时对花落泪,听鸟鸣时也感到惊心。

战火长久不息,给家人写信报平安,比给家里寄万两黄金要好得多。

愁白了的头发越搔越稀少,少得简直绾不起来了。

【作品赏析】

众所周知,杜甫是一位忧国忧民的爱国诗人。这首《春望》是一首名副其实的爱国诗。

"国破山河在，城春草木深"，这一句描绘了一个国家灭亡后的自然景象，城楼已毁，可青山仍在耸立，河流仍在涌动，而城外的花草树木也因为没人修剪而已可以将人淹没半身，这或许是一个有些春意的画面，可也侧面体现出了"景色依旧，物是人非"的意味。

"感时花溅泪，恨别鸟惊心"，这确实是我学诗以来最喜欢的一句。还记得当时老师是这样解释的：对乱世别离的悲凉情景，花也为之落泪，鸟也为之惊心。对于这个解释我深信不疑，诗人采用拟人的手法，把花和鸟儿赋予了感情，从而比喻自己对于这国破人亡处境而感到悲痛，这是一个含蓄的比喻，却写得比任何一句都要深刻。

"烽火连三月，家书抵万金"，句中的这一"家"字就足以体现出这是对亲人的想念、对家的渴望。战火连天持续三个月，士兵们为了国家的安全，辞别了自己"一日不见，如隔三秋"的亲人，一封家书就像是黑暗中的一盏明灯，紧紧攥在手中。你说，一盏给你光明送你温暖的明灯是否比万金来得可靠呢？

"白头搔更短，浑欲不胜簪"，头发已经花白，人已步入老年，可对国家的重建仍"搔首"无可奈何，古人无论男女都长发披肩，可惜自己的头发短得连簪子都用不上，可见时间飞逝，年华易老，可惜自己对国家却一无是处。如此苍老之快，难道不是忧国、忧民、思家所致？

作者的春望，春天里的眺望，看到的却只有渺茫的希望。

（林晓卉）

茅屋为秋风所破歌

杜甫

八月秋高风怒号,卷我屋上三重茅。茅飞渡江洒江郊。高者挂罥长林梢,下者飘转沉塘坳。

南村群童欺我老无力,忍能对面为盗贼。公然抱茅入竹去,唇焦口燥呼不得,归来倚杖自叹息。

俄顷风定云墨色,秋天漠漠向昏黑。布衾多年冷似铁,娇儿恶卧踏里裂。床头屋漏无干处,雨脚如麻未断绝。自经丧乱少睡眠,长夜沾湿何由彻?

安得广厦千万间,大庇天下寒士俱欢颜!风雨不动安如山。呜呼!何时眼前突兀见此屋,吾庐独破受冻死亦足!

【古诗新译】

八月秋风怒吼呼啸,把我厚厚的茅屋顶卷走。我屋顶上的茅被风吹飞到郊外江边,洒落在郊外地上。飞得比较高,茅草有些挂在了树梢上,飞得低的茅草则落在了水塘。南村的一群孩童欺负我年老无力,居然当面做贼抢东西,公然地把茅草抱去竹林里。我的唇干燥得不能大声呼喊,只能拿来倚仗独自叹息。一会儿风停了,空中乌云密布,像墨一般,秋天的天色灰蒙蒙的,渐渐地变黑。被子已经盖了好多年了,像铁板一样,我的孩子睡姿不好,踢被子了。屋里床头都漏水,没有一处是干的,我的脚被雨浸湿麻痹了。自从战乱以来,我睡眠时间很少,长夜漫漫,屋里都湿透了,我怎么挨到天亮!怎样才能得到很多安定高大的房子呢,普遍的庇护天下贫寒的文人志士,让他们都开颜逐笑吧。为什么房子可以在风雨中安稳得像一座山?啊!什么时候我的眼前可以出现这样高大安稳的房子啊,即使我的茅屋被吹破,自己被冻死也可以!

【作品赏析】

八月秋空,广袤无垠,诗人以"风怒号"三字统领全诗,"卷"这一字充满戏谑之感,独这一字,把秋风写活了。秋风似是顽童,故意与诗人作对,茅屋为秋风所破,或洒江郊,或挂林梢,或沉塘坳,群童争做盗贼欺老,抱起那被秋风"卷"走的茅草隐没在竹林,诗人更显焦虑无奈。黑云如墨,布衾似铁,本来茅屋已经没有了茅草遮掩,现如今大雨将至,渲染出暗淡愁惨的氛围。"多年"二字看似平凡,实则写出了诗人困顿窘迫的处境和难以为家的不安。且看后头,茅屋漏雨,雨脚如麻,诗人彻夜未眠,思家思国,以小见大,从风雨飘摇中的茅屋,延伸到战乱频繁的国家,自丧乱以来诗人便少眠。这样困窘的处境,本以为全诗基调奠定为凄凉痛苦,但诗人笔锋一转,"安得广厦千万间,大庇天下寒士俱欢颜,风雨不动安如山!"广厦庇寒也罢,"吾庐独破受冻死亦足"一句更是无私,忧国忧民,推己及人,表达对天下寒士的同情和祝愿。结尾两句,诗人匠心独运，无愧为神来之笔，衬出了人性的光辉与伟大。诗人由自身困窘遭遇，联想到安史之乱以来的万方多难，没有怨天尤人，反而心系天下，心怀万民，愿以"吾庐独破"换"大庇天下寒士"，这一份舍己为民的无私折服了多少人！全诗写实，语言朴素，并无晦涩难懂之词句，但却深有底蕴，耐人寻味，前文的多处铺垫将诗人博大胸襟描写得淋漓尽致，神来之笔更是让人拍案叫绝，叹服于诗人高尚的情怀。

（刘润）

赠婢

崔郊

公子王孙逐后尘，绿珠垂泪滴罗巾。
侯门一入深似海，从此萧郎是路人。

【古诗新译】

公子王孙们争相追求，
美丽的女子泪湿罗巾。
踏入那像深海的侯门内宅，
往后啊，与我那昔日的恋人哦，
只能形同陌路了。

【作品赏析】

此诗的创作背景源自一个才子佳人的故事，唐末范摅的《云溪友议》有所记载。崔郊居住在汉上的时候，就跟他姑母的婢女私通。那个婢女容貌端庄秀丽，又通晓音律，是汉南一带最美的女子。由于崔郊的姑母家贫，于是把这个婢女卖给于頔。于頔喜欢这个婢女，以四十万钱买下，宠爱有加。崔郊对这个婢女思念不已，跑到于府的附近，希望能见到她一面。婢女在寒食节那天出了门，正值崔郊等在柳树下，两人遥遥相望，泣涕不已，许下山盟海誓。崔郊就赠女子此诗。因着有人妒忌崔郊，就把这首诗写下来，令于頔看到这首诗，于頔叫人把崔郊召到府上，左右的人猜测不出他的用意。崔郊也提心吊胆，但又不能推辞，只能去了。于頔见了崔郊，握着他的手说："'侯门一入深似海，从此萧郎是路人'是先生写的呀？四十万是一笔小钱，怎能抵得上你这首诗呢？你应该早一些写信告诉我。"于是就让婢女陪同崔郊归去，并赠送了丰厚的妆奁，崔郊题诗娶佳人的故事也成就一段佳话。

第一句"公子王孙逐后尘"通过对"公子王孙"的争相追求侧面烘托女子的美貌。第二句"绿珠垂泪滴罗巾"则是通过运用典故和细节描写来表现女子遭遇不幸的命运。绿珠是西晋富豪石崇的宠妾，传说她"美而艳，善吹笛"。赵王伦专权时，他手下的孙秀倚仗权势向石崇索要绿珠，遭到石崇拒绝。石崇因此入狱，绿珠也坠楼身死。诗人用此典故一方面表现了对女子遭遇不幸的同情，另一方面则含蓄委婉地表达了对公子王孙夺人的不满。诗人还以"垂泪滴罗巾"的细节表现出女子被迫与爱人分离的深沉的痛苦。

"侯门一入深似海，从此萧郎是路人"是诗人借女子之口发出的深沉的感慨和绝望哀婉的感情。"侯门"指权贵之家，"萧郎"泛指女子所爱恋的男子。诗人把"侯门"与深海作比，写出了女子一入权贵之家，深宅内院，就如入深海，不闻其声，不见其响，不能与外界有什么联系，与昔日恋人更是形同陌路。侯门似海，萧郎陌路，少女梦碎，读之令人心酸哀婉同情。

这首诗诗人写的是自己爱人被夺之事，但诗人并没有局限于自身的悲欢，反而是从自身出发，使这首诗的立意得到提升，写出了封建社会由于门第悬殊所造成的爱情悲剧。

（蓝颖欣）

题都城南庄

崔护

去年今日此门中，人面桃花相映红。
人面不知何处去，桃花依旧笑春风。

【古诗新译】

去年的今天在这山门中，
少女的笑容被桃花映红。
如今少女已不知在何处，
只剩桃花还开在春风里。

【作品赏析】

诗人春游时无意发现了一户农家，桃树下有一位比桃花还光彩照人的女子，诗人与少女并未交流，只是静静地对望着。而当第二年的春天来了，诗人再次来到那户农家，迎接他的只有满树桃花，却独独少了树下笑靥如花的少女。

当我第一次读这首诗的时候，出现在我眼前的就是这样一幅景象。那时我只觉得有一种淡淡的惋惜和感慨，惋惜的是诗人没能如愿以偿地再次见到那位少女，感慨的是世事无常。

而如今重读这首诗，我感觉诗人并不只是想用这首诗记叙这次美好的邂逅。从这短短几句诗中，我还感觉到了诗人因为美好事物的可遇不可求而发出的感慨。前两句诗体现了诗人春游时并没有刻意追求，却遇上了那位女子，后两句诗又说第二年诗人再刻意来寻找时，那位女子已经不见踪影。通过前后两年的对比，引起了我对"可遇不可求"的共鸣，和对同一个季节、同一个地点、同一个场景，却是物是人非的唏嘘。诗人还通过"人面"与"桃花"的对比体现出了女子的面容姣好。通过美人与美景给他留下的美好印象与之后只见美景不见美人的怅然若失形成对比。寓情于"依旧"存在的桃花，情景交融，让人仿佛身临其境般地体会到了诗人的怅惘。

打动人的不是字词艳美，而是人同此心。正因为我们都曾在相似的时间，返回一个曾经的地点，在那里寻找着自己以为还会在的人，所以我们才能理解作者的哀伤，才会不断去重复这个故事。

（刘东宁）

近试上张水部

朱庆馀

洞房昨夜停红烛,待晓堂前拜舅姑。
妆罢低声问夫婿,画眉深浅入时无?

【古诗新译】

洞房中昨夜一直燃烧着红色的蜡烛,
新嫁娘忐忑不安地等待着拜见公婆。
化妆描眉转身轻声地问身旁的夫婿,
我的眉眼画得是否与公婆喜好相符?

【作品赏析】

《近试上张水部》是朱庆馀在考前写给考官张籍的作品,是他为数不多的经典之作。仅从那四句诗中来看,很容易误以为是闺意诗,因此就当作闺意诗来看,其中的文采寓意也是极为出色的,把新嫁娘拜见公婆前的行为动作和心理描写得淋漓尽致,极其鲜活。但是作者的高明之处就在于运用了双关和比喻的手法,让这首诗别具一格,用新嫁娘拜见公婆前忐忑的心理来比喻自己考前的紧张,不仅非常贴合，而且生动形象。这个比喻不同于一般的比喻，本体和喻体是非常契合的，并且是在双关中套用了比喻。在古代科举制度下，应试学子是否能够中举如同女孩子出嫁一样，都是终身大事，考中了光宗耀祖，荣归故里，落榜了可能就此蹭蹬一辈子。而女孩子嫁到夫家如若得到公婆夫婿的喜爱地位就此稳固，生活幸福美满，反之一辈子就毁了。诗人以现实的社会生活来比喻，站在封建社会的视角下去看这首诗，典型性不言而喻。即使如今看来，也不得不说这真的是别具一格。前人留下那么多的诗词中，整首诗寓意双关，还如此贴切地并不多见，毕竟单取一个意象来写诗不难，一首诗几个意象也不是太难的事，但是能够如此贴切地写一首两种意义的诗就不易了。

整首诗的意境很清晰，但是表达运用的手法十分委婉，也符合古人的行事风格和应试前与考官不宜太亲密接触的规定。这首诗的运用既能达到目的又不破坏规定，十分难得。

（潘春杏）

秋夕

杜牧

银烛秋光冷画屏,轻罗小扇扑流萤。
天阶夜色凉如水,坐看牵牛织女星。

【古诗新译】

秋夜银白色的烛光冷冷映射在画屏上,
宫女手执绫罗扇扑打着飞舞的萤火虫。
露天下的石阶的夜色似水般清澈透明,
坐在石阶上仰望星空中的牛郎织女星。

【作品赏析】

《秋夕》是唐代诗人杜牧所创作的七言绝句中的代表作之一,这是一首宫怨诗,描写了一位孤独的宫女在七夕之夜遥看牛奶织女星的故事。宫女取自良家子,王宫内所有的妃嫔及宫女均属内命妇,内命妇之首为王后。一朝为宫女,终生是皇帝的女人。后宫中的宫女多不胜数,不是谁都能得到皇帝的宠幸,杜牧在这首诗中描写的就是一位失意的宫女。

诗的首句写秋夜的景色，以"冷"字为基调，侧面烘托出宫女孤凉的处境。第二句写宫女用小扇扑打飞舞的萤火虫来消磨自己的时间，反衬出宫女的百无聊赖、孤独无助。第三句写宫女深夜不能眠，到石阶上看夜景，冰凉的石阶，冰凉的君意。第四句写宫女坐在冰凉的石阶上遥看牵牛织女星，羡慕牛郎织女一年还能见一次，自己却连一面都见不上，抒发了自己心中的悲苦。全诗没有一句是抒情的，但句句透着悲凉的情感，看似无情却是有情，真是言有尽而意无穷啊。

这首《秋夕》不知具体写于何时，但我猜测是写于杜牧被贬期间，诗人用失意宫女的遭遇寄托自己坎坷遭遇的悲凉，借宫女来抒发自己心中孤苦凄凉的情感。常言道，伴君如伴虎，稍有不慎就一命呜呼矣。杜牧曾被外放，虽然原因有待考究，但终究是王上的旨意。作者巧妙地用失宠的宫女来表述自己被外放的悲凉遭遇，控诉君意的无情。婉转地直抒胸臆，令人感同身受后又叹为观止，妙哉妙哉！

（杨秋屏）

暮秋独游曲江

李商隐

荷叶生时春恨生,荷叶枯时秋恨成。
深知身在情长在,怅望江头江水声。

【古诗新译】

荷叶初生时,春恨已生。

荷叶枯萎时,秋恨又成。

深深知道,只要我还在人世,我对你的情意就会天长地久地永存。

多少惆怅,只能融入那流不尽的江水声之中。

【作品赏析】

《暮秋独游曲江》是诗人李商隐为了悼念自己的妻子王氏所作。众所周知,李商隐因为娶了王茂元的女儿而被视为"李党"成员,被"牛党"视为叛徒。李商隐由于被卷入了"李牛党争"而在仕途上一直不顺,甚至于一直被安排到外地工作,但李商隐并未迁怒于妻子,反而是十分喜欢这位知书达理的妻子。我们熟知的多首《无题》诗，都寄托了李商隐在他乡就职时对妻子的思念，"相见时难别亦难，东风无力百花残"，"身无彩凤双飞翼，心有灵犀一点通"……每一句都述说着李商隐在外对妻子的思念之情。所以心爱的妻子的死亡对于李商隐而言无疑是一种巨大的打击，聚少离多的婚姻生活以及妻子去世时自己没有陪伴在身边带给李商隐深深的愧疚感。

《暮秋独游曲江》是李商隐在妻子去世的六年之后经过曲江时想念妻子有感而发。荷叶是诗人最喜欢的一种植物，诗人在很多诗歌之中都运用了荷叶这个形象。也许是荷叶象征着文人的气质，象征着诗人做人也要像荷叶一样出淤泥而不染，但也有人说，荷叶暗含着诗人的一位恋人"小荷"的情感。无论怎样，诗人将荷叶比喻为自己妻子，我们都可以看到诗人对妻子最浓厚的感情。"荷叶生时春恨生，荷叶枯时秋恨成。"诗一开头用缓慢沉重的语气喃喃述说作者心中的憾恨。"春、秋"是大自然的变化，是自然不可忤逆的规律，诗人用自然的变化来说明人的生命是一个不可忤逆的过程，也体现了他对于自己挚爱的妻子生命不可挽回的深深无力感和悲痛感。

"深知身在情长在"这一句无限凄婉，将前两句所蕴含的绵绵深情推向了极致。思念的人是永远都不会回来了啊！但没有关系，我会一直思念你直至我死去，你将永远地活在我的心里的。这里的深情、哀伤、思念，岂是我们可以用言语表达出来的？"曾经沧海难为水，除却巫山不是云"，你在我眼里就是最美好的存在。谁都可以忘记你，但独独我不可以，我对你的那份感情会伴随着我的生命一直存在的。

"怅望江头江水声"前三句是至情语，而最后一句则再展新境，转用婉曲语作收。逝者如斯夫，不舍昼夜。诗人独自站在江水边，怅望着江水，耳边伴着江水声，将自己的思绪飘远。听觉和视觉的交融贯通，仿佛所看的、所听的并不真实，只有所想的才最真实。流走的江水将他带入了回忆之中，带入了对妻子的思念之中。但耳边的江水声却告诉他这些都是虚幻的，只有眼前的江水才是真实的。诗人的这份对妻子的感情，不禁让人怅然泪下。

《暮秋独游曲江》每一句都述说着诗人的哀愁，每一句都表达了诗人对妻子的思念。情到浓时人憔悴，爱到深处心不悔。这是一首不可多得的好诗。

（林才诗）

登乐游原

李商隐

向晚意不适,驱车登古原。
夕阳无限好,只是近黄昏。

【古诗新译】

傍晚时分了,我却觉得心情不舒畅,于是驱赶着马车去登古原。在高高的山头上,看着夕阳缓缓落下,橙红色的余晖照满了我的全身,耀目却不刺眼,而这样的美好只是昙花一开,夜晚即将到来了。

【作品赏析】

接触上这首诗,是一个偶然的机缘。心情烦闷的我在厚厚的一本书中,不经意用眼角的余光撇到了"夕阳无限好,只是近黄昏"一句,从此便对李商隐的诗欲罢不能,心中的倦怠也全都消失不见。我爱李商隐的诗,爱他的诗里面的那股缠绵悱恻的爱情,爱他的欲得而不能得的哀怨悲愁。

"夕阳无限好,只是近黄昏",恐怕对任何一个人吟诵出这两句诗,他们都会拉长了脸,用凶巴巴的语气说道:"你是不是在耍我?"

但我却从心底里喜欢上这两句诗。我从这两句诗中读出了两层意味：一是因为近黄昏了，才会有如此美好的夕阳。正如昙花一现，生命即将终结了，才开出了如此惊艳的花。如若用生命来作比喻，就应了那句古话：人将终矣，其言也善。难怪会有人讨厌，尤其是老年人。二是夕阳如此美好，可是晚上即将来临了，美好终将不再留存。有人说过，失去比从来没有得到过更加可悲，曾经尝过得到过的滋味，失去了，其心可诛；美好是短暂的，稍纵即逝。

就算是这样，那又如何呢，难道这不是告诫我们要学会珍惜，当拥有了一份美好，要牢牢地把它拽在手掌里面吗？相比于伤感，我更喜欢从不同的角度解读它背后的含义。世上没有任何外在事物能够永恒存在，短暂也好，不复存在也罢，只要曾经珍视过、拥有过、努力过，便无憾。这或许也是应该对待人生的态度。

（钱雪瑶）

缭绫

白居易

缭绫缭绫何所似？不似罗绡与纨绮。应似天台山上明月前，四十五尺瀑布泉。中有文章又奇绝，地铺白烟花簇雪。织者何人衣者谁？越溪寒女汉宫姬。去年中使宣口敕，天上取样人间织。织为云外秋雁行，染作江南春水色。广裁衫袖长制裙，金斗熨波刀翦纹。异彩奇文相隐映，转侧看花花不定。昭阳舞人恩正深，春衣一对值千金。汗沾粉污不再着，曳土踏泥无惜心。缭绫织成费功绩，莫比寻常缯与帛。丝细缲多女手疼，扎扎千声不盈尺。昭阳殿里歌舞人，若见织时应也惜。

【古诗新译】

缭绫啊缭绫，它与什么最为相像呢？它不像罗与绡，也不像纨与绮，它比罗绡纨绮更珍贵奇美。它应该像夜里明月之下，天台山上流下来的四十五尺长的流泉飞瀑。上面织着奇美的图案，令人称绝，看来就好像布料底上铺了一层白烟，白烟上面团花簇拥好似白雪。这样美丽的缭绫是谁织出，它制成的锦衣又是谁来穿在身上？是越溪寒女织就，是宫中恩宠正盛的美艳姬妾。去年这个时候啊，皇帝派遣使者来宣布他的口令，从宫中取来了样式，命令民间照着指定样式来纺织。织出来花纹好像那天边一行行鸿雁穿行云外来回翻飞，染色要染成江南那一江春水的颜色。织好染好后，根据宽幅和长度，分别裁制衫袖与长裙，用金熨斗熨出波纹，用剪刀裁剪好。这样制好之后，奇异瑰美的色彩纹路互相隐映，正面、侧面看去都不相同，上面的花纹好像会动一样。宫廷里边，受皇上恩宠正深的宫姬获赐一身春衣价值千金。但是这样珍贵的春衣，被汗水脂粉沾染上了污渍，就不愿意再穿着，穿在身上行走时，任凭它在泥土上掠过而没有丝毫爱惜之心。缭绫要织成需要耗费很多心力的，可不能拿它与那寻常的缯帛来相较。丝细细的，缲密且多，煮茧抽丝可让越溪寒女之手疼煞了，在织机前不停劳作，见织机轧轧响过千声，织好的缭绫还不满一尺长。华美宫殿里面穿着缭绫裁制的舞衣跳舞的宫姬啊，倘若你们看见了越溪寒女织作缭绫时候的情景，应该就会在穿起锦衣的时候多几分爱惜之心了。

【作品赏析】

白居易一生诗作甚多，当中应以《长恨歌》与《琵琶行》两篇最为后人所称道，然而我却独爱《缭绫》一篇。

《缭绫》为其《新乐府》五十篇之中第三十一篇，以"念女工之劳"为主题而创作，其在诗中表现女工之劳的手法也真让人叫绝。

作者先以问句开篇而道出缭绫比罗绡与纨绮更为珍贵、精致，随后以一连串秀美的句子铺排开来描写缭绫是何等精美令人惊叹，其间"织者何人衣者谁？越溪寒女汉宫姬。去年中使宣口敕，天上取样人间织"之句插入其中，仿佛突兀，却是让此诗讽刺、揭露之旨开始渐渐显现而出。越溪寒女与汉宫姬，天上取样而人间织就，这两对鲜明的对比初看好似平常，当读过后文折返之时方觉其中感情之浓烈。

此四句之后"织为云外秋雁行……转侧看花花不定"六句仍然写得十分美丽而富于诗意，但每一句都在表现着越溪寒女在织成缭绫过程之中的辛劳。织出鸿雁穿云的纹路，染成江南春水那般的柔美之色，依照布幅及纹向分别裁制衫与裙，金斗熨平裁刀剪出纹路……最后方成了相隐映的奇文异彩，花纹可随视角转移而变幻的殊丽的织品——缭绫。

再后边的四句，笔锋再转而到了"天上"，亦即宫中。荣宠正盛的宫姬，不需付出什么辛劳便能得到越溪寒女辛辛苦苦织成的贵重织品，而且她们不惜织者之苦，不惜身上锦衣华贵而肆意践踏轻易弃之，牵动着读者感念寒女辛劳之心。

再往后方是直接写出寒女织缭绫之艰难，字字句句莫不令人心生恻隐。丝细缲多、千声不盈尺的细致，再回溯前文"应似……花簇雪"与"织为……花不定"之句，不仅是当时寒女高妙织功的体现，连寒女织作之中因劳累、疼痛而皱眉轻呼的情形都跃然可见。末两句的收尾，与前头"织者何人……人间织"之句结合而观，便是天上与人间的巨大反差，讽刺与揭露之意达到了顶峰，对寒女的同情亦然。女工织布之劳苦不堪，宫廷生活之穷奢极欲，在此昭然显露。

白居易有"文章合为时而著，歌诗合为事而作"的主张，表现着文人关注时代与现实社会,以及对改造社会、促进社会进步的历史使命与责任感,白居易所有的作品,包括《缭绫》,都在彰显着他的创作主张,《缭绫》虽蕴含讽刺统治者不惜民力、揭露社会顶层奢靡生活的深刻意蕴,但更多的,应该是对越溪寒女,亦即下层劳动人民的深切同情,这也是诗人悲悯情怀与他前期创作历程"兼济天下"思想的展现。

(杜依桦)

相见欢·林花谢了春红

李煜

林花谢了春红,太匆匆,无奈朝来寒雨晚来风。胭脂泪,相留醉,几时重。自是人生长恨水长东。

【古诗新译】

残红点点,春去匆匆,只因风雨来袭。花落固怜,人亦怜花,泪流满面。相互挽留,依依惜别,再会又是何时?人生长恨,如滚滚流水,总是向东。

【作品赏析】

李煜看着窗外的花儿,烂漫美好,这正如他的前半生。风花雪月,美人相伴,尽情得意。无奈人生总是有许许多多的苦难,没人会一帆风顺的,就像花儿,在枝头美好绽放时,却遭遇风雨侵袭,李后主遭遇了国破家亡,沦为囚奴。花瓣上的雨珠,美人脸上的泪,相互挽留,即使明知道根本就留不住,只能期待重逢的日子。也许李煜在国亡时也曾有美人挽留,泪水在抹了胭脂的脸上划过,留下一道道的痕迹。美人梨花带雨的哭泣也没能留住这个帝王,终究国还是破了,南唐灭亡,李煜亦被俘虏,重逢遥遥无期。李后主的人生长恨是国破家亡的悲愤还是红颜不在的无奈?

春去秋来,繁华落尽,转眼已成往事。在风雨中飘摇的不仅是南唐,还有李煜的心。即使自己是千古词帝,才华横溢,但终究是无法守住自己的王朝。也许李煜只适合做诗人,而不是一个帝王。就像梦一般,梦一般的凄婉,李煜呀李煜……

我不知道李后主曾在多少个春花烂漫的清晨思念他的故国,我也不知道他是否在明月朗朗的夜晚怀念以前的生活。虽然花儿凋零明年依然盛开,但一切都已经回不去了,匆匆花落,似水流年。或许李煜在灼灼其华的春天里,恍惚还能看见当初那个人比花娇的红颜,但终究是想象与怀念。人生的苦痛,早已尝遍。

人生的无奈,林林总总,李后主的国破家亡,亦在其中。

(黄玲玲)

子夜歌·人生愁恨何能免

李煜

人生愁恨何能免?销魂独我情何限!故国梦重归,觉来双泪垂。高楼谁与上?长记秋晴望。往事已成空,还如一梦中。

【古诗新译】

人生的愁恨怎能免得了?只有我伤心不已悲情无限!我梦见自己重回故国,一觉醒来双泪垂落。有谁与我同登高楼?永远记得一个晴朗的秋天,我在高楼眺望。如今往事已经成空,一切就仿佛在梦中一般。

【作品赏析】

《子夜歌·人生愁恨何能免》是南唐后主李煜入宋成为"阶下囚"后所作的诗,其中蕴含着对亡国无限的哀思与缅怀。表达了诗人对人生如梦的感慨和无奈。

全篇愁恨味道浓重,孤独悲伤的气味令人窒息。上阕开篇便直问人生的愁恨如何能免?道出了悲情的无法避免,下句却又马上接上在这种悲伤绝望的境地中唯独"我"一人,一人陷入无穷无尽的寂寥黑暗，孤独气息雪上加霜。第三句"我"梦回故国，醒来发现是梦境后双襟满泪，现实和梦境的突变又是孤独的魔爪折磨"我"的又一手段。

下阕，登高远眺吾谁与共？无人矣。但"我"仍然记得那个晴朗的秋天，"我"在故国登高远望，那一切是那么的真实，"我"却永远无法再触摸。为何这一切的变化落差如此之快？快到就像一场游戏一场梦，往事不堪回首，飞快逝去，"我"猝不及防，就像坠入了无尽的深渊梦境，希望这一切本身也是一场梦，飞快逝去的那种事情，也是一个梦。

李煜降宋以后，终日以泪洗面，对故国的哀思无时无刻不萦绕在心头，连绵不断。李煜以他口语化的表达，直白、赤裸地将他的悲痛之情倾泻而出，不加修饰。李煜这种与生俱来的直率、坦荡的品性使得他的诗流露出他真挚的、令人动情的内心独白，赋予了诗一种悲怆而空灵的伤感气息，这正是这首诗可以流传千古的原因。

（梁志健）

渔父

李煜

浪花有意千重雪,桃李无言一队春。一壶酒,一竿纶,世上如侬有几人?一棹春风一叶舟,一纶茧缕一轻钩。花满渚,酒满瓯,万顷波中得自由。

【古诗新译】

浪花有意翻滚卷起千重白雪,桃李盛开不言不语却引着一队春日。一壶美酒,一杆轻纶,这纷繁尘世中像我这般洒脱的人又有几人呢?

一棹的春风轻轻吹动这一叶轻舟,一纶茧缕轻扯着这一纶轻钩垂于水中。繁花开满小渚,美酒倒了满瓯,万顷碧波中寻得自由自在。

【作品赏析】

李煜一生的悲剧似乎都是因为生在皇家,可怜薄命做帝王。皇家,那个金碧辉煌、权力巅峰的地方,永远不会有简单、单纯,有的只是那些残忍的猜忌、无尽的钩心斗角。生性淡薄的李煜在这样的水深火热中也只能醉心诗歌隐逸以避免政治迫害。

生在皇家，不论有心皇位与否，都会被有野心的人所猜忌。南唐中主李璟立李弘冀为太子，太子多疑，猜忌李煜。李煜为了躲避打击，沉迷于诗歌艺术，在宫廷里过着"渔父"式的隐逸生活。在这两首题画《渔父》词中，这些细碎的情感展露无遗。

"浪花有意千重雪，桃李无言一队春。一壶酒，一竿纶，世上如侬有几人。"重榭渔父的自在快活，情调悠扬轻松，描绘的意境十分空阔辽远，江上浪花翻滚如雪，一望无际。浪花有意可见渔父与自然的亲近。"世上如侬有几人"则生动地写出了对这样安闲自在的渔父生活的满足。

"一棹春风一叶舟，一纶茧缕一轻钩。花满渚，酒满瓯，万顷波中得自由。"就比较着重描写渔父的独立自由。词句中"一"字反复出现却不显重复，反有一气呵成自然坦荡之感，这亦是在强调渔父一人的独立自由、洒脱自在。"花满渚，酒满瓯"，实写美景，虚写心情，"自由"一词一出就已尽显作者意趣所在。

这首词借题画抒怀，借景寓情，悠然散淡的意境使得词句清丽脱俗。词意上着重于隐逸的安闲，格调并不是很高，情趣也并不拔高，但却将李煜在兄长的猜忌下的不争的隐逸心思表现得淋漓尽致，虽然浅淡不够含蓄委婉，但却不失为题画词的佳作。

这首词的词意虽浅，却句句都是李煜内心深处发出的声音，总能让我与他字里词间展露出的敏感不安的心灵感受产生微微的共鸣和浅浅的哀叹唱和。

(王会展)

第五部分 05

宋元时期

苏幕遮·怀旧

范仲淹

碧云天,黄叶地,秋色连波,波上寒烟翠。山映斜阳天接水,芳草无情,更在斜阳外。黯乡魂,追旅思,夜夜除非,好梦留人睡。明月楼高休独倚,酒入愁肠,化作相思泪。

【古诗新译】

飘行着碧色薄云的高空,翻飞起枯黄落叶的大地,秋色连接着天地尽头的森森江波,江波之上笼罩一层翠色寒烟。群山映照斜阳,蓝天连接江水。花草不谙人情,延绵到遥远的斜阳之外。

思念家乡而黯然神伤,追随羁旅的愁思久久不放,除非夜夜都做好梦,在好梦中才能安然入眠。在皎洁月光下独倚高楼望远,苦酒灌入愁肠,一滴滴都化作相思的眼泪。

【作品赏析】

《苏幕遮》抒写乡思旅愁,以铁石心肠人作黯然销魂语,尤见深挚。

词的上片组合碧云、黄叶、斜阳、芳草等意象,为读者呈现一派萧瑟秋丽的秋景，寄托着词人对故乡浓浓的乡思情怀。碧天广野，淼淼秋江，翠色烟霭，芳草斜阳，这一切，无一不是遥接天涯，远连故园，无一不是唤醒心间家乡美景的画面。本该因美景而心情愉悦，却无奈再多的美景都望不见故乡，这一切，使瞩目望乡的游子殷殷向往而不可即，只能勾起词人的乡思离情。

词的下片直抒胸臆，强调词人思乡的痛苦。寂寞深秋，一句"夜夜除非，好梦留人睡"暗含无奈气恼的意味，表现其对故乡万分眷恋，以至于在美好梦境中才能暂时泯却乡愁。月明中倚楼凝思，借酒浇愁，不料愁上加愁，更增思乡之苦。最后以"化作相思泪"收尾，也是词人心中的愁思直击读者心间的一个收尾，所有无奈与哀思，在寂寞无情的深秋都是无谓的。一切的一切，都只能是在酒入人肠后，化作相思泪，喝的是酒，更是词人那份无处安放的带着浓浓的思乡苦楚的泪水，给读者留下深长的喟叹。一句相思一点泪，就能体会到词人心中那份思乡的哀愁。

古来描写羁旅愁思之词，大都局限于闺阁庭院，或者悲春伤秋，此词意境辽阔，毫无衰飒情味，力显词人胸襟宽广及对自然的热爱，更能反衬出离情之感伤。全词低回婉转，而又不失沉雄清刚之气，是真情流溢、大笔振迅之作。

（辛筠）

青玉案

贺铸

凌波不过横塘路，但目送、芳尘去。锦瑟华年谁与度？月桥花院，琐窗朱户，只有春知处。飞云冉冉蘅皋暮，彩笔新题断肠句。试问闲愁都几许？一川烟草，满城风絮，梅子黄时雨。

【古诗新译】

佳人的脚步在横塘路匆匆而过，我惊于她的美貌呆立于原地，静静地看着她远去的背影，只留下一地的芳香。她这般美丽的年华是否已有人相伴，抑或是仍独自在流水小桥的院子里，在朱窗闺房中，然而这些我都不知道，或许只有那细腻的春风才知晓。

想必美人看着窗外的白云飘忽而过，夜色降临惊醒了她，悲从心起记下这愁绪，如果要说这情感有多少，就如同那一地无垠的烟草、满城飞扬的柳絮，和那绵绵不绝的梅雨一样。

【作品赏析】

《青玉案》描写对佳人倾心、思念再到惆怅的情感变化，表达了作者求而不得的内心郁闷，这样的求而不得不仅是佳人难得，更是一种壮志难酬之感，全词虚写的是对佳人的相思之情而事实上抒发的却是作者郁郁不得志的"闲愁"之情。

全诗以伤感为主要色调，阅读这首词的上片，看到的是美人远去，作者却心心念念着她，表现出作者对事物的执着，因为执着作者用自问自答的方式写出佳人生活的单调枯燥，唯有春风证明时间在流逝，这种独特的构思方式跨越了时空的想象，亦实亦虚。词的下片中的断肠愁绪便是作者让人去感受他的忧愁，上句写想象中的美人忧伤地望着天空入神，直至暮色降临才惊觉，悲从中来题下"断肠句"，下句又有一个自问自答与上文相照应，将自己的"闲愁"用"一川烟草，满城风絮，梅子黄时雨"来比拟，将虚物化作实像，让人回味无穷。

这首美人词中独居小院的美人清冷孤寂，正是作者郁郁愁肠、怀才不遇的形象写照。"闲愁"中的"闲"贯穿全文，更是对作者漫无目的在世漂泊的真实再现。一词一句尽显人生常态。

（吴思予）

临江仙·夜登小阁忆洛中旧游

陈与义

忆昔午桥桥上饮,坐中多是豪英。长沟流月去无声。杏花疏影里,吹笛到天明。二十余年如一梦,此身虽在堪惊。闲登小阁看新晴。古今多少事,渔唱起三更。

【古诗新译】

忆起当年在午桥上痛饮,
座中大多是文豪与雄英。
如水月色流入寂静沟中。
杏花枝条交错的影子里,
有君吹着笛子伴到天明。
二十余年仿佛一场美梦,
我虽在此忆起难免惊讶。
闲来登阁看那新雨初晴。
古往今来多少壮阔伟事,
不过被渔歌吟唱到三更。

【作品赏析】

一曲临江仙，写出了少年的壮志满怀，也写出了老后的无奈叹惋，写出了江山更迭、韶华不再。陈与义的这首词写了自己的命运，更写了那时动荡的历史。

一来便是"忆昔"回忆过去那在午桥上畅饮的英雄豪杰，那时的他们都还风华正茂，习得了一身本领渴望着报效祖国，他们还没受过现实的打击也没尝过失败的苦果。他们在那"白玉为堂金作马"的美好时代畅谈、畅饮。就像每一个年代的青年一样对未来充满着希望，趁着年轻尽情地享受生命的琼浆。想那寂静的沟水在月下泛着微光，开得正盛的杏花在交错的枝影间散发着香味，站在桥头的翩翩少年吹着不知名的小曲一直到晨光熹微。秉烛夜游了一夜的少年郎们的或躺或坐，静静地看着杏花花瓣掉落在水中随波流去，一切都是美好的，直到那动荡打碎了少年们的梦，把安静的杏花埋在了土里。

直到"二十余年如一梦，此身虽在堪惊"才发现，那时美好的杏花和笛声早已不见了，那些心怀理想的少年们也都离散了，而自己也垂垂老矣，落魄而无聊地登上这小阁。此时刚从过去的梦境中醒来的词人坐在小阁里，呆呆地看着风景。天下之大而百姓颠沛流离缺衣少食，看着大好河山而自己的祖国却已沦落在战火之中。随着时光逝去的哪里仅仅是自己那白马素衣的青年时光，更是那有着尊严和未来、安稳而和谐的故国，而现在的自己却只能拖着老病的躯壳坐在这个地方听着远远的渔歌。如此疯狂的时代，那么多烜赫一时的豪杰，最后也不过是渔夫口里随意传唱的歌谣，那些梦与理想、那些血和泪都会被遗忘，成为历史里的尘埃。

所谓的悲剧就是将美好的东西毁灭给人看，看过了山河破碎，看过了腥风血雨，失去了杏花和酒，忘却了壮志难酬，最后坐在异国的小阁上看新晴怕是一场悲剧吧。想起"曾因醉酒鞭名马"，想起杏花疏影里的月色，想起曾经的自己却再也回不去了。而这些又算什么？在时间的洪流面前我们都是沙子，都会"哀吾生之须臾"，自己和那杏花有什么区别呢？最后不过尘归尘土归土无人记得，最终不过是"渔唱起三更"。

在面对残酷的现实的时候，陈与义是渴望着杏花和酒的吧？哪怕是梦境，哪怕会"堪惊"，哪怕万劫不复也会渴望着自己的祖国能够东山再起，也渴望着自己不再的青春能够回来，可惜啊！古今多少事不过是一场空，最后能够记得的也许只有佛家的一句"色即是空"。直到"花非花，雾非雾"，我们会不会还想起那月色下朦胧的杏花？

（朱蜀瑶）

雨霖铃·寒蝉凄切

柳永

寒蝉凄切，对长亭晚，骤雨初歇。都门帐饮无绪，留恋处，兰舟催发。执手相看泪眼，竟无语凝噎。念去去，千里烟波，暮霭沉沉楚天阔。

多情自古伤离别，更那堪冷落清秋节。今宵酒醒何处，杨柳岸，晓风残月。此去经年，应是良辰好景虚设。便纵有千种风情，更与何人说。

【古诗新译】

暮色苍茫，蝉声凄切，在长亭外，一阵大雨刚刚停歇。都门帐内设好盛宴，即将分离的人也是欲饮无绪的。正当他们二人依依不舍之时，舟人在催促出发。纵使他们内心中有千言万语，但在分别之际，也只是泪眼相看，执手无语。一想到别离后，旅途遥远，须涉过千里的烟波，更何况南国的天空是暮霭浓重，如同阴霾那般令人窒息。

自古以来，感情细腻、丰富的人都会为离别而伤感，更何况是在这万物凋零的秋季，离别更让人觉得不堪。虽借酒消愁，可总会酒醒。今夜酒醒时在何处呢？想必会是在那残月高挂、晓风吹拂的杨柳岸边吧！自此别离后，经年累月，良辰美景也形同虚设。纵使有千万种柔情蜜意，我又可以跟谁诉说呢？

【作品赏析】

"伤离别，离别虽然在眼前；说再见，再见不会太遥远。"一句伤感的离别歌萦绕在我的脑海。伤别离是人世间一个永恒的主题，同样的，它也是诗歌中一个经典的主题。离别已然让人伤感，那爱到浓时的离别，无疑是爱情的离殇。

若你要细品此离别之情，又怎么能不阅读柳永的《雨霖铃》呢？《雨霖铃》描述的是一对恋人的分离。离别之际"执手相看泪眼，竟无语凝噎"，或许，此时的无声胜过有声吧！无语凝噎较之千言万语来得更情深义重。那相视的泪眼已将他们彼此的柔情、不舍，透露无疑。

从这首诗歌中，我们可以深刻地感受到离别的惆怅、伤感。但也正是因为对它的解读，我们才能清楚地认识到，在爱情里要"莫等花落空折枝"的哲理。等到一切都失去了，再去珍惜，就像花落了才想去呵护一般，恐怕为时已晚。

爱情就像一棵树苗，如果你不去呵护，不去关爱它，它终会夭折，会枯萎。所以，在爱情里，如果你一味地等待，不去好好地珍惜把握，也许你也只能在日后思念的日子里备受煎熬。好好珍惜你的爱人，莫等"花落"后才想着去珍惜。

愿天下有情人都能好好地把握现在，珍惜眼前人。希望你们可以彼此关爱，彼此体贴，共同呵护你们的爱情之花。希望你们不要让你的爱人对你一次次地失望、一次次地伤心，好好地珍惜此缘。也希望离别是爱情的殇，但却不是你们的殇。

（庞小媚）

浣溪沙

晏殊

一曲新词酒一杯,去年天气旧亭台。夕阳西下几时回。无可奈何花落去,似曾相识燕归来。小园香径独徘徊。

【古诗新译】

听着一曲诗词,喝着一杯美酒,想起去年同样的季节还是这种楼台和亭子。天边西下的夕阳什么时候才又转回这里?花儿总要凋落是让人无可奈何的事。那翩翩归来的燕子好生眼熟像旧时的相识,在弥漫花香的园中小路上,我独自地走来走去。

【作品赏析】

这是宋代词人晏殊的浣溪沙,虽然不是他众多诗词中最出类拔萃的,但就艺术手法而言,却是意蕴深远的。意在言外,以景托情。

就以诗词来说,晏殊的《浣溪沙》和普通的伤春惜时之词没有多大区别,细细品读,才能发现隐藏在词下的感慨抒怀之意、人性的启迪和美的艺术享受。

晏殊曾自言:"余每吟咏富贵,不言金玉锦绣,而唯说其气象。"

其子晏几道云："先君平日小词虽多，未尝作妇人语也。"这说明晏殊作词重环境气氛的烘托渲染和比兴寄托，不能仅看字面。

这首词的高明之处在于，词人在无意间描述一些司空见惯的场景，却颇有哲学的意味。启迪人们从更高层级探索宇宙人生问题。从"一曲新词酒一杯，去年天气旧亭台"的表面理解，词人只是感慨时间的飞速流逝，"无可奈何花落去，似曾相识燕归来"的对照，则让人领悟到一种人生深广的意念。末句"小园香径独徘徊"则将整首词的格调定了下来，使整首词看起来就是伤春的，含着淡淡的哀愁，情调是低沉的。正如杨慎在《词品》中所说的那样，"无可奈何"二语工丽，天然奇偶，使其看起来缠绵，语调谐婉，忧伤的背景通过"几时回"三字所折射出来的，就是一种期盼，却又知情难在返的心态。

诗以言志，文以载道。晏殊将自己对人生的领悟融合进了《浣溪沙》这首词中，才使得这首词能流传千年。

（蓝建）

江城子·乙卯正月二十日夜记梦

苏轼

十年生死两茫茫。不思量,自难忘。千里孤坟,无处话凄凉。纵使相逢应不识,尘满面,鬓如霜。

夜来幽梦忽还乡。小轩窗,正梳妆。相顾无言,唯有泪千行。料得年年肠断处,明月夜,短松冈。

【古诗新译】

倏忽之间,就到了你我阴阳相隔的第十个年头……然而,纵使时过境迁物是人非,又劳碌奔波了这么多个寒暑的我,无须刻意去追忆,却依然如此刻骨铭心无法忘记。一想到你远在千里外的孤坟,万般悲切凄清便涌上心头却无处可诉。倘若还能有那样的福荫,能让你我重遇,我多么害怕你都要认不得我了啊……因为仍在人间彷徨多年的我,如今已然蓬头垢面,鬓白如雪。

在寂寥幽深的夜里,我又梦见了你。这次我梦见了我们回到了从前那故乡。恬淡如你,坐在屋子里的小窗前,安静地对镜理红妆。我感伤地凝望着你,你亦抬起头,与我四目相对,然而这郁结心中的情感竟使我们无语凝咽,默默泪泻。望向窗外,我想,那埋葬着你的小松冈，此时应该月色皎洁吧，正洒满在，我年年看着都觉肝肠寸断的地方。

【作品赏析】

　　江城子，词调名。乙卯正月二十日夜记梦是词题，乙卯，是宋神宗熙宁八年即 1075 年，正月二十日夜是具体做梦的日子。题为记梦，实际上是死别十年，苏轼夜梦亡妻，凄楚哀婉，久蓄的情感忽如闸门大开澎湃奔涌，不可遏止，于是写下了这首著名的悼亡词，通过记梦来抒写对亡妻真挚的爱情和深沉的思念，以及永不得见的哀痛。

　　此词通篇采用白描手法，娓娓诉说自己的心情和梦境，情真意切，全不见雕琢痕迹；语言朴素，寓意却十分深刻。首句长驱直入，为全词奠定了伤感哀痛的基调。"十年生死两茫茫"，人生能有几个十年？苏轼与王弗婚后相伴直到王弗逝世，恰好也是十年。他亦念了她十年。时间，其实并不是只会冲淡很多事情，而是，让深的东西越来越深，让浅的东西越来越浅。而苏轼对亡妻思念的时间、空间跨度，足见其用情之真，用情之深。一个"两"字，也很自然地就把双方契合到了一起。彼此深爱的两人阴阳相隔，苏轼从来没有忘记过王弗，而我们是否也该联想到孤身于九泉之下的王弗亦是如此痛彻心扉地挂念着丈夫呢？瞬间，相爱却没能继续相守的苦楚便让闻者无不为之动容。

　　"不思量，自难忘"，这是全诗让我感触最为深刻的一句。苏轼十九岁时，与年方十六岁的王弗结婚。王弗年轻貌美，知书达礼，侍翁姑恭谨，对苏轼温柔贤惠，苏轼的父亲苏洵亦对儿子的这位发妻赞赏有加。婚后，每当苏轼读书，她便陪伴在侧，终日不离。苏轼偶有遗忘，她便从旁提醒。《东坡逸事》里有王氏"幕后听言"的故事，意即苏轼平常与客人谈话后若有困惑，王弗也恰好听见的，她便可以为他指点迷津，使他顿感开朗，心旷神怡。她可以说是他的贤内助，因此苏轼早年春风得志，除了有"伯乐"相助以外，"妻贤夫少祸"的裨益也是不可忽视的。二人鹣鲽情深，琴瑟相和。得妻如此，苏轼怎能忘怀？人虽陨，但曾并肩的过往"自难忘"！为什么要"不思量"？正因为爱得真切，所以思量会愈加像剜开陈年旧疤般针针见血，然而尽管他极力排遣"思量"，但思量却还是不由自主地从心底涌出。万缕哀思深藏心底，不灭。

"千里孤坟，无处话凄凉"，诗人此时身在密州，亡妻之坟在四川，"千里"写出了二人相隔千里之遥。一个"孤"字落于"坟"前，既写出妻子独卧黄泉之下的孤苦冷清，又写出了诗人苦苦思妻却终不得见的落寞孤寂。而"无处话凄凉"，一方面喻示了夫妻阴阳相隔无法再度相拥，双方都无法向对方尽诉心中柔肠，百转千回都尽是凄凉。此句再次把二人契合起来，亦与首句"十年生死两茫茫"的凄清悲凉一脉相承，给人读后无法从诗人的沉痛经历与感受中抽身的悲恸压抑之感。另一方面则是在该句中词人似乎还产生了错觉，认为"不能话凄凉"是因为二人相隔千里，如果可以，哪怕只是离坟头近一点，自己还可以向妻子一诉衷肠。这是抹杀了生死界限的痴语、情语，是种不可能的假设，让人读来更加唏嘘感慨。

"纵使相逢应不识，尘满面，鬓如霜。"苏轼在王弗逝世后的十年间，因反对王安石的新法，政治上受压制，心境悲愤；到密州任后，又逢凶年，忙于处理政务，生活上困苦到食杞菊维持的地步。这年东坡才四十岁，就已经"鬓如霜"了。在这一句中，作者再次把现实与梦幻混同。明明她辞别人世已经十年之久了，却依然幻想着与爱妻"相逢"。

题曰"记梦"，其实只有下阕五句是记梦境，上阕皆为抒胸臆，诉悲怀。写得真挚朴素，沉痛感人。

"夜来幽梦忽还乡"，漂泊在外，雪泥鸿爪，凭借梦幻的翅膀忽然回到了时在念中的故乡，作者的心境似乎也因为梦里她的出现而由悲恸的基调转为略带喜悦。

"小轩窗，正梳妆"，鲜活般的形象描写使梦境更带有真实感。作者仿佛又看见了夫妻二人琴瑟相依、你侬我侬的甜蜜剪影，回到了共同一蔬一饭、柴米油盐的烟火人生。

然而，紧接着词笔由喜回悲，"相顾无言，唯有泪千行"。如今终得以"还乡"，本该是尽情"话凄凉"之时，然而，藏抑于心的千言万语一时又该从何说起？最后只剩无语凝咽，"相顾无言"，任泪水倾泻。"无言"，包括了万语千言，表现了"此时无声胜有声"的沉痛之感。梦境，让昔日种种美好再次呈现在眼前，可是伸出双手，却是再怎么追寻也触碰不到了。这是把现实的愿望渴求融入了梦中，使这个梦境也令人感到孤独无助！"料想年年断肠处，明月夜，短松冈"，结尾三句，作者由梦境中又暂时回过了神来，但依旧是沉浸在对亡妻的念想中，思绪穿越"千里"，来到了妻子的孤坟前，遥想在年年这个伤逝的日子里，宁谧的月光洒满在她的坟前，而长眠地下的她，是否也和他一样，因如此惦念对方而柔肠寸断。下阕是词的主题："记梦"。正由于梦境是虚幻的，所以词的意境也自然带着迷离怅惘的色彩，作者无须面面俱到地描述，反而可以给读者留有想象的空间，余味悠长。

苏轼是被后人归为豪放派的，然而他的这首悼亡词写出哀婉卓绝的味道却依然令人叹服。陈后山曰："风韵如东坡，而谓不及于情，可乎？"全词真情郁勃，句句沉痛，而音响凄厉，诚后山所谓"有声当彻天，有泪当彻泉"也。

（王柳婷）

江城子·密州出猎

苏轼

老夫聊发少年狂，左牵黄，右擎苍，锦帽貂裘，千骑卷平冈。为报倾城随太守，亲射虎，看孙郎。

酒酣胸胆尚开张，鬓微霜，又何妨，持节云中，何日遣冯唐？会挽雕弓如满月，西北望，射天狼。

【古诗新译】

我姑且抒发一下少年人的轻狂，左手牵着黄狗，右手托着苍鹰。随从将士头戴华丽的帽子，身穿貂皮做的衣服，大部队浩浩荡荡像疾风一样，席卷平坦的山冈。为报答全城百姓的追随，我定要像孙权一样射杀一头老虎以慰众心。

酒意正浓，我的胸怀自然更加开阔，胆气更加张扬。即使两鬓微微泛起了白霜，那又如何？朝廷何时才能派人拿着符节来密州赦免我的罪呢？那时我定当拉满弓箭，像满月那样，瞄准西北，把代表入侵者的天狼星射下来。

【作品赏析】

苏轼于三十八岁,不惑之年尚且未及写下这篇辞赋,而一开篇便豪言以"老夫"自称,这是对自己的一种自嘲,更是自己内心想有一番作为的一种写照。而对于这种境遇,苏轼以一贯的豪放期待朝廷派遣像冯唐一样的使臣来召回自己,并非像以往一些怀才不遇的千里马大放厥词感慨生不逢时,纵使两鬓已经悄悄地染上了白霜,也要像孙权一样亲自射虎,一展豪情。

且不说未老,就算老了,也是意气风发不输少年,姑且来抒发一下自己的豪情壮志,再加上酒意正酣,更是一发不可收拾。这看似是一场狩猎,但在苏轼看来这却是一场战争,一场保家卫国、建功立业的对垒,而自己就是那领着"千骑"席卷平冈破敌降虏的战将。左边牵的不是猎狗,而是像猎狗的牙齿一样锋利的利剑;右边擎的不是雄鹰,而是雄鹰一般犀利的旗帜;锦帽貂裘实则是钢盔铁甲,一身戎装。搭弓射箭,将弓拉得像圆月一样,然后强劲地射向如野狼一样凶残的敌人的心脏。

但是,魏尚始终等到了冯唐,而你的"冯唐"却仍无期可待。你知道"冯唐易老",可你就是意气风发豪气不减;你知道两鬓的微霜随着季节终会凝成皑皑白雪;可你就是这样一匹志在千里的老骥,你知道人生由"少年"到"老夫"是转瞬之间,可你就是愿意等,就是狂。所以你没有埋怨,没有抱怨君主大材小用,没有抱怨小人从中作梗,没有抱怨时运不济,而是更加希望,希望等到一个机会,一个可以醉卧沙场的机会。因为你要宣告给世人的不只是你要建功立业，更是杀敌报国。国家没有辜负你，百姓没有忘记你，只是统治者忽略了你，所以你要报的也不只是"倾城"，更是"倾国"。所以你愿意等。

（李志杰）

水调歌头

苏轼

丙辰中秋,欢饮达旦,大醉,作此篇,兼怀子由。

明月几时有?把酒问青天。不知天上宫阙,今夕是何年?我欲乘风归去,又恐琼楼玉宇,高处不胜寒。起舞弄清影,何似在人间。转朱阁,低绮户,照无眠。不应有恨,何事长向别时圆?人有悲欢离合,月有阴晴圆缺,此事古难全。但愿人长久,千里共婵娟。

【古诗新译】

丙辰年的中秋节,高兴地喝酒直到第二天早晨,喝到大醉,写了这首词,同时思念弟弟苏辙。

明月从什么时候才开始出现的?我端起酒杯问一问苍天。不知道在天上的宫殿,今天晚上是哪一年。我想要乘清风回到天上,又恐怕返回月宫那美玉砌成的楼宇,受不住高耸九天的寒冷。翩翩起舞玩赏着月下清影,归返月宫怎比得上在人间。

月儿转过朱红色的楼阁,低低地挂在雕花的窗户上,照着没有睡意的自己。明月不该对人们有什么怨恨吧，为什么偏在人们离别时才圆呢？人有悲欢离合的变迁，月有阴晴圆缺的转换，这种事自古难以周全。只希望这世上所有人的亲人能平安健康，即便相隔千里，也能共享这美好的月光。

【作品赏析】

　　这首词是苏轼大诗人在中秋佳节观赏月亮的时候所写的，非常深情地表达了自己对月亮的喜爱以及对弟弟苏辙的思念之情。

　　月亮，是大自然景物中非常富有浪漫色彩的一件事物，也是许多诗词的中心形象，月亮的阴晴圆缺变化也非常能容易引发人们的想象，特别是古代的诗人。在苏轼的《水调歌头》这首词里，苏轼举杯望月，在这位性情非常豪迈直爽，富有浪漫情感的诗人的脑海中，他仿佛已经在天上自由翱翔，思绪已经穿梭于天上人间。"明月几时有？把酒问青天。不知天上宫阙，今夕是何年"，在这一句中，我可以深刻地感受到苏轼对团圆和美、无忧生活的一种向往。月是团圆和美的一种意象，"我欲乘风归去"体现了苏轼非常渴望能够随风飞往月亮，享受月中的团圆和美的生活，他希望将月宫当成自己心灵的归宿。但"又恐琼楼玉宇，高处不胜寒"使他还是决定留在人间。

　　"转朱阁，低绮户，照无眠。"月儿照着苏轼，睡意全无，此时的他正在思念亲人。接下来，词人用月的阴晴圆缺对人世悲欢离合作解释，从更深的层次表达了作者感叹人世无常的无奈后，心境趋于超然洒脱。结尾"但愿人长久，千里共婵娟"，则印证了这一点，同时又转入更高的人生境界，向世间所有正在遭受生离死别的人们发出由衷的美好祝愿，如千年后的诗人海子，"愿你有情人终成眷属"。

（罗业垄）

定风波

苏轼

三月七日,沙湖道中遇雨。雨具先去,同行皆狼狈,余独不觉,已而遂晴,故作此。

莫听穿林打叶声,何妨吟啸且徐行。竹杖芒鞋轻胜马,谁怕?一蓑烟雨任平生。料峭春风吹酒醒,微冷,山头斜照却相迎。回首向来萧瑟处,归去,也无风雨也无晴。

【古诗新译】

三月七日,我在沙湖道上遇到大雨。因为之前把雨具扔掉了,所以同行的人遭到风吹雨打,都十分狼狈,但是只有我没这么觉得,过了一会儿之后,雨已经停了,我就写了这首诗。

不要去理会那些风雨穿过林子,呼啸着拍打枝叶的声音了,如此潇洒快意的时境,我们何不痛快吟啸着徐徐前行。不要顾虑在这狂风暴雨里的我还是穿着草鞋扶着竹仗,这轻快地赛过骑马,有什么好怕?一身蓑衣,一身自在,便是一生都行在这风雨里又有何妨。

料峭的春风拂面,稍稍酒醒,天气微凉,却见山头初升的太阳斜斜地散来日光相迎。我回过头来,回望着一路萧瑟苍茫,信步而归。其实这一路走来，也不必体味经过多少风雨，也不必怀念迎过几个天晴。

【作品赏析】

"竹杖芒鞋轻胜马，一蓑烟雨任平生"，总觉得苏轼这两句词，与陶渊明那句"田园将芜胡不归"，有异曲同工之妙。陶渊明不直接讲为臣做官在他的心中如何连耕地劳作都不如，他只淡淡地反问，我家里的田园都快要荒芜了，我为什么不回家去呢？而苏轼在这里，亦不直言自己如何不惧风雨、从容自在，轻轻巧巧地就把他那我行我素、笑傲人生的豪迈之情舒展了个十足。

同行的人为这穿林打叶的风雨搞得狼狈不堪，叠声抱怨，而我却痛快地吟咏长啸。我拿着竹杖穿着草鞋，轻便得胜过骑马。任凭你风吹雨打，我一身蓑衣就过得好这一生。

且不论东坡所述这一段是否是实写，是否真实发生，只他为我们展现的这一画面，便足以让我们感受到作者的潇洒豁达、旷世豪情。

东坡的胸襟，不只是体现在他如何看待大自然的不测风雨，也体现在他如何面对人生中的艰险坎坷。

而在词的最后，诗人"回首向来萧瑟处，归去，也无风雨也无晴"，更是站在一个更高的角度，去俯瞰人生、理解苦难。回首人生沧桑路，当年经受的痛苦、品尝的喜悦，都已如烟散尽，"也无风雨也无晴"。归去，归去，去哪里都好，我只管无悲无喜、无求无欲地度过余生，很有超脱的味道。

其实你我也可感受诗人所言的境界。在某个午后,细雨微风,回首往事,你是不是也会感受到一种超然的心境。

有人曾经说过,我们听过很多道理依然过不好这一生。诚然,天地不仁,让人们入迷途、经痛苦。但是,在你正被生活的风雨袭打,痛苦万分的时候,不妨想一想一千多年前,那个在雨中吟着"一蓑烟雨任平生"的东坡。

(姚思彤)

醉花阴

李清照

薄雾浓云愁永昼,瑞脑消金兽。佳节又重阳,玉枕纱厨,半夜凉初透。东篱把酒黄昏后,有暗香盈袖。莫道不销魂,帘卷西风,人比黄花瘦。

【古诗新译】

稀薄的雾气弥漫,浓云密布,心中的忧愁难以抒发,直到白昼。龙脑的香料早已在金兽中烧完了。又到了美好的重阳佳节,洁白的玉枕,轻薄的纱帐笼罩着的床橱,昨日半夜的凉气才刚刚浸透。在东篱饮酒直到黄昏以后,暗淡的黄菊馨香飘满双袖。别说不忧愁,当西风卷起珠帘,闺中的少妇比黄花还要消瘦!

【作品赏析】

这首词是作者于重阳佳节所作,抒发的是重阳佳节,家家户户都一家团圆的时刻,作者却与丈夫分别,对丈夫的无限相思之情!

此词情景交融,上片描绘出初秋时刻重阳佳节时的幽凉之景。词的开篇即向我们展示出一种阴沉之感,"薄雾浓云"笼罩着天空,这种天气使人感到压迫，词人只好待在家里，看着家里的香料慢慢烧完，时间也一点一滴过去。可香料烧完了，所思所等之人仍未归来。又到了一年一度的重阳佳节，别的家都是团团圆圆，可只有"我"睡到半夜仍感到凉意袭上心头，这种环境渲染下的凉意之"深""厚""浓"使读此词的人都倍感凉意卷上心头！下篇借景抒情，写所怀之感，在重阳佳节时分，有赏菊饮酒的习俗，词人丈夫未归，只好独自一人"东篱把酒"，消阴神魂，得出的结果却是"人比黄花瘦"，这实在令人感到心酸！

修辞手法的运用在此词可谓一道亮丽的风景！词的下片写"菊"，并且实际上是以"菊"喻人，"暗香"是指菊花的幽香，"黄花"也是写菊花，"东篱"也蕴含着"采菊东篱下"的意味，通篇不见一个"菊"字，但菊花的形态、特征却跃然纸上，以菊花喻人瘦，人的特征通过菊花呈现出来，比喻手法运用得可真是十分巧妙！而在比喻中套用着夸张，将人与黄花相比，本来就有一种夸张滋味，可见在忧愁当中，闺中少妇真的是十分消瘦！"莫道不消魂"这句用设问手法道出，暗含反诘韵味，写出少妇憔悴之样，由此将此词思夫的主题升华到极致，言有尽而意无穷！

李清照把这相思之情通过淡淡的几句词抒发得淋漓尽致，相思之情可谓跃然纸上！读完此词，脑海中不时涌出一幅画面：稀薄的雾气弥漫，浓云密布……

（刘捷）

一剪梅

李清照

红藕香残玉簟秋。轻解罗裳,独上兰舟。云中谁寄锦书来?雁字回时,月满西楼。

花自飘零水自流。一种相思,两处闲愁。此情无计可消除,才下眉头,却上心头。

【古诗新译】

荷花已残败不堪,香气逐渐淡去,触碰到带有丝丝凉意的凉席才知晓秋天的到来。轻脱下薄纱似的裙子,独自一人踏上湖畔的那一叶兰舟。远方是谁寄来了书信?大雁整齐排列归来之时,皎皎月光,如一层薄薄的银纱覆盖了西边的楼房。

花儿在风中独自飘落,流水也独自远流。彼此思念的两人,却只能各在天一方默默承受着离愁别绪。这离别之愁紧紧相随,让人无法忘怀,眉头上的苦闷刚卸下,它却深深烙在了心头,挥之不散。

【作品赏析】

这首词为宋代女词人李清照所作,作者借此词抒发了自己的思夫之情。这首词写于李清照婚后,当时李清照和赵明诚结婚约有十年了,两人相互扶持,生活美满,但随后因为赵明诚要外出担任官职,两人不得不面临分别,尽管只是暂时,但对这一对已有深厚感情的夫妻来说,这无疑是一次难以割舍的离别。整首词弥漫着一股孤独、凄清的气息,秋天,本是一个寓意丰收、喜庆的季节,但在词人的眼里却是另一番景象:落叶翩翩,鲜花褪败,冷风凛凛……

这首词的开头"红藕香残玉簟秋"描写了明艳的荷花如今残败不堪,四溢的香气也如过眼云烟般消逝,勾勒了一幅悲凉、萧索的初秋图,为全词奠定了一种孤单凄凉、寂寞感伤的基调。"轻解罗裳,独上兰舟"写到丈夫不在身旁的词人换下裙装,独自一人到湖中泛舟,这其中既有女子不受约束的随意,也有形单影只的孤苦之情。"独"字是此句的句眼,点明了词人此时的状态以及孤寂的心境,塑造了一个孤零、落寞的词人形象。"云中谁寄锦书来,雁字回时,月满西楼"的字里行间表达着词人满满的期望,大雁南归时,她翘首以盼,渴望远方带来她等待已久的书信,当晚上看到月色笼罩西边的楼房时,这更进一层触发了她的深切思念。"雁""月"自古以来便被用来寓意团圆与别离,此处词人寄相思之情于"雁"和"月",以此慰藉心中的愁闷与伤感之情。

下片的"花自飘零水自流"乃大自然中的现象,一方面,词人借此来暗示自己的离愁别绪也如这自然现象般存在,表达出词人对丈夫思念之重,另一方面,这句则透露出词人感慨自己年华易逝,青春不再,也是为丈夫迟迟未归的担忧。此外,"花自飘零水自流"含有比兴的作用,以借花飘零、水自流引起下文的相思愁苦。"一种相思，两处闲愁"为直接抒情，词人直接抒发了两人之间的牵挂与想念，"此情无计可消除，才下眉头，却上心头"一句用了对偶的表现手法，"上"与"下""眉头"与"心头"相对应。此句是全词最真实的感情流露，可以看出词人无法摆脱的离愁已在心头紧紧缠绕，与全文的感情基调相映衬。

这首词的艺术表现手法出色，全词用了对偶、融情于景等的表现手法，句句相呼应，感情表达真切，强烈地抒发词人的离别愁闷和思念之深，字里行间体现了李清照与赵明诚之间深厚的夫妻感情。

（何婷婷）

点绛唇·闺思

李清照

寂寞深闺,柔肠一寸愁千缕。惜春春去,几点催花雨。倚遍阑干,只是无情绪。人何处?连天芳树,望断归来路。

【古诗新译】

独处闺房,寂寞无人,柔情百转,愁思万缕。窗外的春天也被雨吹打散了,春花在风雨中飘零。抬起纤纤细手,轻抚阑干,却眼神空洞,不知所思为何。当然是远方的天涯游子。芳树连天,回家的路却渐行渐远,你的身影又在哪里?

【作品赏析】

这是一首典型的闺怨之作,词人李清照后期的作词风格偏向悲凉哀怨,这与她自身前后反差的命运息息相关。词风婉转,意蕴缠绵,在寥寥数语中流露着词人百转千回的万缕愁思。

这首词中,第一句便化用《木兰花》中"无情不似多情苦,一寸还成千万缕"一句。芳华不再,青春已逝,一寸万缕,该多么愁苦。偏春天又离去,春风撩过,却不再吹绿江南岸。春雨落下,却打散了精心装扮的花朵。不得不由自惜到惜春。情景交融，愁思融入伤春，春去命运又该何去何从，寓情于景，以景表情。

词人此时的心绪恐已与少女时蹴罢秋千的心思相去甚远。家国破落，与夫君各在天一涯，独处深闺，未免寂寞，更添伤春之愁，只恐双溪舴艋舟，载不动许多愁。

想要移情消愁，却触景生情，阑干之外，苍穹之间，花红柳绿只是过往，夫唱妇随只有记忆。此时的思妇再没什么情绪，心闷至极，愁绪一触即发，快乐无处可寻。

倚栏却无绪，望景却思人。动作与思绪的结合，动作表现，思维空洞，交织在一起，一位傍晚夕阳边满面愁容、心无所依的思妇形象就这样出现在我们眼前。

才下眉头，却上心头。寂寞，伤春，伤别，盼归，情感表现自然却真切。愁思，愁容，落寞，无望，心绪流露细腻深刻。

（郭红）

破阵子·为陈同甫赋壮词以寄之

辛弃疾

醉里挑灯看剑,梦回吹角连营。八百里分麾下炙,五十弦翻塞外声。沙场秋点兵。

马作的卢飞快,弓如霹雳弦惊。了却君王天下事,赢得生前身后名。可怜白发生!

【古诗新译】

醉里挑亮油灯观看尘迹斑斑的宝剑,梦中听到军营的号角声响成一片。把牛肉分给部下享用,让乐器奏起雄壮的军乐鼓舞士气。这是秋天在战场上阅兵。

战马像的卢马那样脚踏刀光剑影,弓箭像惊雷一样万箭啸风齐发,一心想完成替君王收复山河,取得世代相传的美名。可惜白发已生,方知年华有限。

【作品赏析】

《破阵子·为陈同甫赋壮词以寄之》是宋代词人辛弃疾的作品。此词通过对作者早年抗金部队豪壮的场面和气概以及自己沙场生涯的追忆，表达了作者手刃战敌、收复山河的理想，抒发了壮志难酬、英雄迟暮的悲愤心情；通过创造雄奇的意境，生动地描绘出一位忠心爱国、侠胆柔情、英勇战敌的将军形象。全词在结构上推陈出新，前九句为一意，末一句另为一意，以末一句否定前九句。前九句写尽沙场豪情，却恰恰为了突出末五字的失望，这种艺术手法体现了辛词的豪放风格和独创精神。

每当我读到"醉里挑灯看剑，梦回吹角连营"时，心中涌起一阵阵的心痛，为那个本应拥有翻云覆雨手，却终究壮志难酬的将军，心痛。"可怜无定河边骨，仍是春闺梦里人。"

仿佛看到月色朦胧之中，单点烛光之下，脸上尽是沧桑。辛弃疾拿起自己的宝剑，擦拭去上面的微尘，剑影中看见自己苍老的面孔，看见自己依然以身报国的心。喝一碗苦酒，寻常一样窗前月，缥缈之中听见段段边塞弦曲，八百里黄沙战场，壮士高奏号角。的卢飞快，脚踏刀光剑影，霹雳弦惊，万剑啸风齐发。壮士报国，百里黄沙盖不住豪情，万丈边塞割不断壮志。亘古沙场，不破楼兰誓不还！

可惜年年岁岁已过，再不能披坚执锐，卫国倾城。沧桑的面孔底下是一颗滚烫的心，匡阔军容，横戈跃马，梦里浮现多少回。燕雀不知鸿鹄，配上宝剑，却报国无门。梦紫云荒，来如飞花散如烟，醉里挑灯不知年华有限。

倘若能穿上金甲，踏上黄沙。倘若能手刃战敌，收复山河。纵使战死沙场，也要把鲜血流在黄沙之上。缓缓流淌的黄沙后，兵荒一万年，千秋一场梦，与国共存。

家国恨，乱世纷飞，独守黄沙。烽烟缭乱，岁月一刻难静安。历史长河中，谁倾尽边塞黄沙樽酒。

国临危难，民族之情喷涌而出。红色的国旗激起心中豪情万丈，黄色皮肤烙下心头家乡烙印。中华儿女爱国之情，自古流传于血液之中。生生沸腾，世世弥新，永不泯灭。

（王玥）

钗头凤

陆游

红酥手，黄縢酒，满城春色宫墙柳。东风恶，欢情薄。一怀愁绪，几年离索。错，错，错！

春如旧，人空瘦，泪痕红浥鲛绡透。桃花落，闲池阁。山盟虽在，锦书难托。莫，莫，莫！

【古诗新译】

一双红润酥腻的手，一碗苦涩的黄縢酒，春色荡漾的城池中，你是宫墙里锁住的绿柳。东风如此可恶，吹薄昔日欢情。忧愁情绪装满胸腔，离别生活几年萧索。错，错，错！

春光美丽如旧，伊人相思消瘦，泪水洗尽胭脂红，薄绸手帕亦湿透。满春凋落的桃花，寂静的池塘楼阁。山盟海誓历历在目，锦文书信难以交托。莫，莫，莫！

【作品赏析】

十年后的春日，我故地重游，来到这昔日充满浓情蜜意的沈园，回忆涌上心头。那一片碧波荡漾的池塘边上，我曾与你坐在岸边看着鸳鸯在水中嬉戏；在那在水一方的亭子里，我曾与你琴瑟相和，含情脉脉地对视；在嫣然的桃花林中，我曾为你戴上一朵桃花，你倾城一笑人比花娇。当初，我日日与你吟诗作赋，游山玩水，乐在其中，我知道人生知己难寻，不忍追名逐利冷落了你，更何况朝中同道中人太少，我满腔热血无人共鸣，还不如与你一起更为逍遥。可是我们的惺惺相惜，母亲不能理解，母亲希望我考取功名，为国效力，我对你的宠溺在母亲看来是沉迷儿女私情不思进取，于是她把我的过错归咎为你的责任，让我休了你。母亲是疼我爱我的，逼我休妻也是为我好，可是我又怎么做得到，两个都是我爱的女人。尽管我极力辩解，哀求母亲，仍然无法改变休妻的决定，只能委屈你了，可是婉妹，你知道吗，我当初是真的有在等待破镜重圆的时机，真的准备重新迎你回家。

  而如今的沈园已物是人非，"只道是人生长恨水长东"，年华似水，东流不回。蓦然转身，你竟也在此，模样一如当年倾城，只是身边多了一人。我眼里的懊悔悲痛，你眼底的哀怨忧愁，四目相对时，不能明说，亦不能细诉，只是无言以对。你是否还在怪我当初无情地抛弃你？是否还在怨我没有兑现自己的诺言？

  你为我倒来一碗黄縢酒，我接过一饮而尽，酒中有泪啊，要不然怎么昔日甘甜的酒今日变得如此苦涩！杨柳困在宫墙里，而你困在哀怨里，东风如此可恶，吹薄欢情，吹散你我。他是否像我一样宠溺你？你们是否一样琴瑟相和？我倒是宁愿你过得快乐，可是你消瘦的身影却道出你的相思之苦。你是否常常在夜半因相思而辗转反侧？你是否常常睹物思人哭花脸上的胭脂？你是否常常触景生情哭湿手中的绸帕？我站在对岸，看着你们在我们之前朝夕相伴的亭台楼阁上凭栏远眺，你倚着栏杆黯然神伤，昔日的欢情变成今日的心如刀割，我不忍再看，提笔在墙上题一曲《钗头凤》，转身离去。

从母意无奈休妻，错！另娶另嫁不由己，错！此生缘浅怨情深，错！

昔日誓言难再提，莫！伊人憔悴相思苦，莫！棒打鸳鸯悲剧生，莫！

（刘洁如）

卜算子·咏梅

陆游

驿外断桥边,寂寞开无主。已是黄昏独自愁,更著风和雨。无意苦争春,一任群芳妒。零落成泥碾作尘,只有香如故。

【古诗新译】

驿站外,一座断桥空荡荡地悬着。无主的梅花树被遗忘在断桥边上,寂寞催生出几枝散梅。黄昏倾注在树头的忧愁,它已难以独自承受。风和雨更是喧嚣着来挑战它忍受的极限。

它并不想与众芳在春天争俏,任凭百花对它做出嫉妒的讥诮。它只想安守本分,就算已经凋谢零落,就算已经掉落在泥污当中,就算已经被碾压成了尘屑,不变的会是它一如既往的馨香!

【作品赏析】

著名学者王国维曾说:"凡一代有一代之文学:楚之骚、汉之赋、六代之骈语、唐之诗、宋之词、元之曲……"陆游生于南宋,可人们记得的,更多是他的诗。陆游一生致力于写诗,留存下来的词只有百余首。但在这百余首中,却不乏像《卜算子·咏梅》这样的颇负盛名之作。

　　梅，古代文人骚客笔下的四君子之一。《咏梅》整首词读下来，却发现自己的心底里寻不着梅的一丝痕迹。替而代之的，是一个深深烙印在我脑海里的遗世而独立的君子形象，还有那一份压抑在心头的忧愁。这首词形而外是写梅，但实而内是写词人自身。从下笔的那一刻起，词人就用写自身的遭遇与精神品格的笔触来写梅。所以在收笔时，一个高洁之士的形象便跃然于纸上。

　　纵观全词，溢于言表的不仅有梅的君子品格，还有那字里行间的戚戚哀愁。词人行文的第一句就塑造了两个意象——驿站和断桥。声声马鸣，匆忙的身影，驿站之处本应是一片热闹与忙碌的景象。可是，断桥的意象接踵而来，其的荒凉、冷清大煞风景。前后两个意象之间瞬间形成巨大的反差，为孤梅营造了一个悲凉的登场环境，也为全词奠定了凄苦忧愁的基调。其苦已如此，然而，待我读后细细品味，驿站的另一层意蕴又"悄然探出身来"。"一骑红尘妃子笑，无人知是荔枝来。"杜牧的这一句诗淋漓尽致地写出了荔枝的尊贵谄媚之态。两者意象的重叠，使我在读一句诗时，同时体会到了荔枝之娇和梅之苦，大大加深了对诗句意蕴的理解。因此，在与荔枝的对比下，词人笔下的梅可谓是苦更苦。

　　全词用了极重的笔墨来写梅的悲惨遭遇，其篇幅占了全词的四分之三。开篇之后，堵在我心中的忧愁还没来得及消散，词人又连续描述了梅的凄苦境况和各种悲惨遭遇："黄昏独愁""著风雨""群芳妒"，甚至是"零落成泥碾作尘"，层层递进，每写一句，愁就多了一分。梅不但要独自承受风雨的打击，还要受到同类的嫉妒，最后的"零落成泥碾作尘"更是把梅的悲推到了极致。让人始料未及的是紧接着，词人的笔锋悄然一转，一句"只有香如故"又把之前所遭受的苦难都化为无物。梅花无论遭受到多大的磨难依然坚守自己的本性，勾勒出了梅花清高贞洁的君子品格。整首词一句句读来，先是感到一股沉重的忧愁堵塞在心头，当读到最后一句时，那心头的忧愁又顿时化作感动的哭意，要涌出眼眶。不得不说，词人先抑后扬的写法和看似有失偏颇的详略，都起到了极好的情感渲染作用，也更有利于凸显梅花的君子品格。

梅，历来是能人志士笔下的宠儿，它的君子品格被人们反复咏颂。在陆游的这首词中，梅的君子形象却被咏出了新意。词中，陆游并没有着眼于梅的迎雪傲放，而是写梅要承受风雨的打击。另外，词人在刻画梅的君子形象时，并没有单纯地进行环境的烘托，还添加进了"群芳妒"的新元素。我想这一新元素是源于作者亲身体验之切。陆游曾因其自身的才能而受到秦桧的排斥，仕途也曾因此受阻。其实，"女无美恶，居宫见妒；士无贤不肖，入朝见疑"，更何况是像陆游这样的真才实学之士呢！陆游笔下的梅要承受来自环境和群芳两方面的考验。总的来说，《咏梅》里的梅，傲的特性减了几分，坚的特性多了几分。

"无意苦争春，一任群芳妒。零落成泥碾作尘，只有香如故"是全词的抒情句，作者怀在心中的感情在此喷薄而发。这一佳句开创了一种抒情方式的新体例，为后世的能人志士所学习模仿。如，元代画家兼诗人王冕《墨梅》中的结尾句"不要人夸颜色好，只留清气满乾坤"和明代政治家于谦《石灰吟》中的结尾句"粉身碎骨浑不怕，要留清白在人间"。纵观陆游的一生，他一心报国，去世前仍作《示儿》嘱咐儿子"王师北定中原日，家祭无忘告乃翁"。"零落成泥碾作尘，只有香如故"无愧是他一生真实的写照。

读古诗不应该把古诗读得更古，读得更死，而是应该善于发现其新的内涵，与时代的发展相适应。《咏梅》里的梅并不一定是到死也要坚守本心的贞洁君子，在今天"零落成泥碾作尘，只有香如故"应当有新的诠释，那就是不计自身利益的无私奉献者。他可以是为了追捕犯人而捐躯的警察，可以是东方之星事故里把呼吸器让给落水者的潜水救生员。她也可以是在超市里不顾自身安危，勇敢指出盗窃犯的平常女孩。"零落成泥碾作尘，只有香如故"的不一定是高高在上的君子或圣贤。他可以是你，可以是我，可以是我们之中的每一个闪烁着无私奉献光芒的平凡人。"零落成泥碾作尘，只有香如故"的"香"是"赠人玫瑰，手有余香"的"香"。

夕阳下，风雨过后，树上的几株梅花被打得七零八落。一位老人正看得出神，他闻到了它们依然如故的幽香。那便是放翁与他的梅。

（李海城）

望海潮

柳永

东南形胜，三吴都会，钱塘自古繁华。烟柳画桥，风帘翠幕，参差十万人家。云树绕堤沙，怒涛卷霜雪，天堑无涯。市列珠玑，户盈罗绮，竞豪奢。

重湖叠巘清嘉。有三秋桂子，十里荷花。羌管弄晴，菱歌泛夜，嘻嘻钓叟莲娃。千骑拥高牙，乘醉听箫鼓，吟赏烟霞。异日图将好景，归去凤池夸。

【古诗新译】

杭州地理位置重要，是江浙的一方重镇，自古以来就很繁华。如烟雾般的柳树，雕画装饰的桥梁，在风中飘摆着的用翠鸟羽毛装饰的帘幕，房屋高低不平，参差不齐，大约有十万户人家。远望去与云天相接的树木层层环绕着钱塘江的堤岸和沙滩，汹涌的波涛拍击着堤岸，激起了朵朵像雪花般雪白的浪花，天然的钱塘江广阔得望不到海的尽头。喧闹的集市上陈列着琳琅满目的珍珠，花街柳巷中，门边倚着许多衣着华美的漂亮女子，杭州豪华奢侈。

西湖周围重叠的山峰清秀美丽，秋天有桂花飘香，夏天有十里荷花。白天，钓鱼翁在西湖边吹奏羌笛，晚上，采莲女唱着歌从西湖上采莲泛舟归来，钓鱼翁和采莲女一派欢歌笑语之貌。大队的骑兵簇拥着将帅的旗帜，跟随将军出游。现在就要听凭醉意去欣赏这美妙的音乐，去游赏这秀丽的山河，他日将杭州的美景画成图册，待回到朝廷时夸耀。

【作品赏析】

　　作为婉约派词风代表之一的柳永，一生漂泊，终不得志，只能流连声色。整首词从杭州的景物着手，最后的"异日图将好景，归去凤池夸"既写出了他对孙沔的称赞，更写出了他自己渴望有所作为的愿望。但是，他是通过直接描写杭州景物来达到自己的抒情效果的。他词句中的景物反映了当时宋朝杭州的生活环境。词句的开篇，总写了杭州的基本情况，"繁华"二字将人带进了一种自由联想的空间，然而又不让人过度地联想，词人眼中如烟的柳、雕画的桥、翠鸟装饰的帘、高大茂密的树、汹涌的波涛等意象融入了他对杭州的赞美之情，给人刻画了一幅清风拂柳、小桥流水、参差人家、树木环绕、涛声汹汹的画面，再着手写集市上的商品繁多、女子的倚门卖笑，在固定的画面中让读者在脑海中亲自去填补剩下的空白，并交代了杭州城内的富裕生活。接着写了著名的西湖景色，山清水秀，桂花荷花轮流绽放，笛声歌声交相附和，笑声融融，这是一幅歌舞升平、国泰民安的欢乐场景。只有词人亲身经历过才能写出如此深刻的感受，将杭州的美景用六十八个字粗略而不粗糙地概括描绘出来。虽然词人不得志，但是和东晋著名的诗人陶渊明相比，他的词作中更体现了他的积极的入世精神。陶渊明的《桃花源记》吸引了一大批郁郁不得志的文人志士隐世不出，然而，柳永的词作却反映了即使不得志也要积极入世的意思。

（余容敏）

蝶恋花·送春

朱淑真

楼外垂杨千万缕,欲系青春,少住春还去。犹自风前飘柳絮,随春且看归何处?

绿满山川闻杜宇,便做无情,莫也愁人苦。把酒送春春不语。黄昏却下潇潇雨。

【古诗新译】

举目望去,高楼外楚腰纤细的柳枝随着春风尽显万般妖娆,缠绵不尽,似归春而意犹未尽。试图跟上春天的脚步,追随这将要散去的春色,无奈春天还是远去。正好像漫天飞絮在风中起舞,飘飘洒洒,无意苦追,只为看一眼春归何处。

满山周遭绿意盎然,生机勃勃,草长莺飞,安静的远处,止不住的杜鹃鸟声嘶力竭地发出悲烈的呼叫,响彻山间。就算是小小的生灵也在为春天的离去而感到伤痛,更何况是拥有着浓郁情感的人们呢?他们又作何感想?举杯饮酒作别春天归去,春却无语悄然离去,不留下一丝眷恋。正是黄昏时节,一场倾盆大雨突如其来,不知是对春天的送别,还是迎接夏天的到来。

【作品赏析】

　　我举一杯陈年美酒伫立在高楼眺望朦胧的远方，淅淅沥沥的雨还在为暮春的离去哭泣，雾中仿佛还能看见踏春时节，往昔青山绿水，人们在郊外愉悦地赏花吟诗之景。道是时光易逝，春去夏来，日子不知不觉之中又过去了，望着青丝变成白发，脸上开始布满皱纹，感叹人生匆匆即将老去，劝诫人们好好珍惜美好的青春岁月，时光一去不复返，少年焉能不复老？所以王贞白《白鹿洞二首·其一》中说，读书不觉已春深，一寸光阴一寸金。在伏案埋首之时不要忘了多看看窗外的春色，一年之中最富有生命力的季节应该多出去走走，学着享受生活，体验生命的精彩。

　　一年之计在于春。惜春，是因为春天的多姿多彩，风情万种，代表着美好的意义，诗人们尤为赞颂。正如高鼎的《村居》："草长莺飞二月天，拂提杨柳醉春烟。"黄庭坚的《寄黄几复》："桃李春风一杯酒，江湖夜雨十年灯。"宋祁的《玉楼春·春景》："绿杨烟外晓寒轻，红杏枝头春意闹。"苏轼的《减字木兰花·莺初解语》："莺初解语，最是一年春好处。"诸如此类的诗句数之不尽。自古以来春天寄予了诗人们丰富异样的情感，无论是哪一种感情的流露，都饱含作者对春天的深厚情感。

　　野火烧不尽，春风吹又生。在这春光灿烂的日子里，适合你和你的那个他，携伴远行，留下一个浪漫的回忆陪伴彼此的岁月，随春风的脚步老去。

（梁丽玲）

虞美人·听雨

蒋捷

少年听雨歌楼上，红烛昏罗帐。壮年听雨客舟中，江阔云低，断雁叫西风。

而今听雨僧庐下，鬓已星星也。悲欢离合总无情，一任阶前，点滴到天明。

【古诗新译】

年少的时候，歌楼上听雨，红烛盏盏，昏暗的灯光下罗帐轻盈。人到中年，在异国他乡的小船上，看蒙蒙细雨、茫茫江面，水天一线，西风中，一只失群的孤雁阵阵哀鸣。

而今，人已暮年，两鬓已是白发苍苍，独自一人在僧庐下，听细雨点点。人生的悲欢离合是无情的，还是让台阶前一滴滴的小雨下到天亮吧。

【作品赏析】

知道蒋捷，是他那一句著名的诗句："流光容易把人抛，红了樱桃，绿了芭蕉。"（蒋捷《一剪梅·舟过吴江》）然而读过他的作品后,我最喜欢的还是《虞美人·听雨》。

这首词以"雨"为主线,贯穿了全诗,将不同年龄段对雨的不同感受表现得淋漓尽致。有别于其他写到雨就离不开"愁"的诗词,给人眼前一亮之感,细读之后,又觉得明写豁达,实际上这"愁"却更上一层楼,让人读后欲罢不能。

《听雨》先从少年时期写起。年少时在歌楼上听雨,红烛和罗帐作装饰,勾勒出一幅靡丽、灯红酒绿的场景。"少年不识愁滋味",一个"昏"字,昏的不是罗帐,而是少年的心。那时候还未曾真正识得愁绪的味道,听雨,倒像是年少无知的少年"为赋新词强说愁"了。如果要作画,这一画面该是红色为主色调。而这欢乐的"少年听雨",也是反衬后面的愁苦。

俗话说,四十是不惑之年。人到中年,本该早已成家立业,事业有成。然而主人公却在壮年时窝在江上一叶扁舟中听雨。"江阔"而"云低",透露出一则山雨欲来压抑的讯息。而就在这绵绵细雨和西风中,一只落单的孤雁在哀哀鸣叫。此时已没有了少年听雨时悠闲的心情,满心满意都是报国无门的失望,心情也似这天上的云一般压抑,沉沉地压在心头。半生远离家乡四处游走,处境就如这江上的小舟般颠沛流离。"断"字让人想起了"断肠人在天涯",而自己也像这落单的大雁一样,无人陪伴在侧,只剩一人孤单地在远离家乡的客舟上寻找前行的方向。

如果说壮年听雨是失望的话,那么而今听雨便是绝望。大半生的漂泊,没有为自己换来一处安稳的住处、一段含饴弄孙的岁月。到如今,迈入老年,一腔抱负终是无法实现,也再不能实现。在僧庐下听雨，本以为是耳濡目染，想通了"悲欢离合总无情"，不会再纠结那些凡尘俗事，让那些壮志、欢乐、忧愁随风而散，如这雨一般"一任阶前，点滴到天明"。但若是真的不在意，又怎会听了一夜的雨，知道"点滴到天明"呢？想来还是无法真正做到心如止水吧！只是学会了将其深埋心底，不轻易为外人道而已。

《虞美人·听雨》这首词按照时间顺序展开，吸引我的，是不同阶段对"听雨"这件事的感受。通过雨，表达了诗人对韶光易逝的无力、对孤独终老的悲伤、对事业未成的悔恨、对过去欢乐的怀念。全诗无一"愁"字，而愁思已渗透全诗。

（何苑晴）

一剪梅·舟过吴江

蒋捷

一片春愁待酒浇。江上舟摇,楼上帘招。秋娘渡与泰娘桥,风又飘飘,雨又萧萧。

何日归家洗客袍?银字笙调,心字香烧。流光容易把人抛,红了樱桃,绿了芭蕉。

【古诗新译】

那一片片春天的愁绪需要等待烈酒来浇灌。小舟在江上婀娜多姿地摇曳,帘帐在楼上若有若无地招摇。小舟经过秋娘渡与泰娘桥的时候,那风飘飘地吹来,那雨更萧萧地落下。什么时候才能回到家中清洗那历经风雨的客袍?与闺中人调弄起镶有银字的笙,燃烧着那熏炉里心字形的香。流逝的时光很容易把人抛下,一去不复返,樱桃变红了,芭蕉也变绿了。

【作品赏析】

这首词写伤春情绪及久客异乡的思归之情。首句"一片春愁待酒浇",揭出了"春愁"这个主题,并点出了时间。"一片",形容他愁闷连续不断。"待酒浇",又表现了他愁绪之浓。词人的愁绪究竟在什么样的境况下产生的?产生了哪些愁绪?往下的描写就回答了这两个问题。

"江上舟摇,楼上帘招。秋娘渡与泰娘桥,风又飘飘雨又萧萧",上片这五句,用跳动的白描笔墨,具体描绘了"舟过吴江"的情景。一个"摇"字,刻画出他的船正在逐浪起伏中向前划动,带出了乘舟的主人公的动荡漂泊之感。一个"招"字,描写出江岸边酒楼上悬挂的酒招子正迎风飘摆,招徕顾客,也透露了他的视线为酒楼所吸引并希望借酒消愁的心理。这两句都着笔于景物的动态。句中特别点出了吴江两个引人注目的地名,表明他的船已经行驶过了秋娘渡与泰娘桥,以突出一个"过"字。这个渡口和这座桥都是用唐代著名歌女的名字命名的,船过此处,很容易让人产生联想。作者偏偏挑出这两个地名,这里难道没有透露出他触景生情,急欲思归和闺中人团聚吗?漂泊思归,偏偏又遇上恼人的天气,作者用"飘飘""萧萧"描绘了风吹雨急,并连用两个"又"字,表达他对这"不解人意"的风雨的懊恼。

上片以白描写景,景中带情;下片正面写情,情中有景。"何日归家洗客袍?银字笙调,心字香烧",三句想象归家后的温暖生活,表现了他思归的急切。"何日归家"四字,一直管着后面的三件事:洗客袍,调笙和烧香。"客袍"是旅游穿的衣服,"洗客袍"意味着至少暂时结束了客游的劳顿生活;调笙,调弄起镶有银字的笙;烧香,燃起熏炉里心字形的香。不用说,这三件事都是他的闺中人作的。这意味着他有美眷的陪伴,可以享受舒适的家庭生活的温暖。"银字"和"心字"这两个装饰性的用语,又给他所向往的家庭生活,增添了美好、和谐的意味。

倦游思归,是他的"春愁"的第一层含意,与此相关联,还有第二层含意,那就是对年华流逝的感叹,后者表现在结尾三句。句中舍弃了陈旧的套语,采用了拟人而又形象的语句:"流光容易把人抛",突出时光流逝之快。特别是,作者还创造性地利用樱桃和芭蕉这两种植物的颜色变化,更具体地显示出时光的易逝,抓住夏初樱桃成熟时颜色变红,芭蕉叶子由浅绿变为深绿这一特征,从视觉上对"时光容易把人抛"加以补充,把看不见的时光流逝转化为可以捉摸的形象。"红"和"绿"在这里都作使动词用,再各加一个"了"字,从动态中展示了颜色的变化。当然,这里作者并不仅是在写景,而且是在抒情,抒发对年华消逝的慨叹。这二层春愁,实际上是第一层春愁的深化。这种"转眼间春去夏来"的感叹,包含了他对久客他乡的叹息,包含了他思归的急迫心情,也包含着光阴似水的人生感喟。

(苏敏)

蝶恋花·春暮

李冠

遥夜亭皋闲信步。才过清明,渐觉伤春暮。数点雨声风约住。朦胧淡月云来去。

桃杏依稀香暗渡。谁在秋千,笑里轻轻语。一寸相思千万绪。人间没个安排处。

【古诗新译】

进入夜晚,在小亭旁边的高地上悠闲地漫步,才刚刚过了清明,却渐渐感觉到晚春的伤感。微微听到的雨声被风声盖住,朦胧中淡月和云相互来往。

桃花杏花依然在暗里散发着香气。是谁在秋千那里?笑声中夹带着悄悄话。一寸的相思有着千万种思绪,却在人间没有可寄托之处。

【作品赏析】

借问相思之人何处有,我看到了那个正在漫步的李冠。

纵有相思之人,何生相思之情?诗人在暮春夜晚漫步,本该是悠闲自得之境，可以静静地享受一下人生难得的安逸。但是世上的事是不尽人意的，才刚过清明，可能因为祭祖的悲痛相加，漫步并不显得悠闲，反而平添了一丝又一丝的伤感，又因为春天将要逝去了，留下的是淡淡的忧愁。不觉间飘来点点滴滴的雨，似乎更是来凑个热闹的，让此时的氛围更加伤感。月亮在云朵的环绕之下，散发着朦胧的光泽，一丝的生机盎然，却又在这伤感的诗句之间给了诗人无限的期望。桃花、杏花在暗夜的空气中散发着幽幽的香味，仿佛是带人进入仙境一般，没有人烟，清冷的空气里透着微微甜美的花香。走到路的尽头，忽然间传来一声娇笑，是谁在秋千那里笑语轻盈，打破了诗人的思绪，去觅寻那笑语的主人，寻觅心中的那份希望，却发现，只是梦一场。诗人的相思梦，又何时有个了结呢？

  诗中一连串的景色描写，更是让诗人欲静不能，而最终作用于相思二字，这位公子该有多么的深情让人难忘。一片芳心该往何处寄，寄给她，她又似乎常在身边，这一刻，她有可能正在荡秋千，又有可能在戏水，留下的都是最美的背影，让诗人可望而不可即。

  我无法去帮助她寻找他心中的姑娘，但是我相信有情人会终成眷属。

（黄嘉仪）

天净沙·秋思

马致远

枯藤老树昏鸦,小桥流水人家,古道西风瘦马。夕阳西下,断肠人在天涯。

【古诗新译】

蔓蔓枯藤老树昏鸦站,潺潺流水桥边人家住,眺望古道西风吹瘦马。夕阳西边缓缓下,愁绪兮断肠人在天涯。

【作品赏析】

"我"骑着瘦马在离家的旅程上渐行渐远,"我"不知道作为一个游子,浪迹的终点会在哪里,只是"我"远行的步伐停不下来,也可能是不会停下来。看看"我"的身旁,枯藤缠绕着老树,黄昏到了,乌鸦也要回来栖息了,桥下流水潺潺,有几户人家依傍着小桥,和流水伴居,秋风萧瑟,凉风轻轻地吹,这是一幅如画的风景啊!可"我"心中竟不由得倍生凄凉之感,"我"思念家乡,思念亲人,思念我的朋友……

"我"抬抬头,向远方眺望,西风呼呼,瘦马陪伴着"我",

"我们"相依为伴,静静地站在古道上,古老的大道很是荒凉。"我"的思绪也飘向了远方,那种深深思念的感觉无法言喻,只是眺望着缓缓西下的夕阳。"我"慢慢地懂得了旅途人的苦楚,慢慢地懂得了旅途人的孤独,慢慢地懂得了旅途人的滋味。漂泊在异乡,"我"的亲人啊,你们都离"我"很远,很远,浪迹在天涯的"我",却思念你们,如断了肠一般。你们可是也一样在思念着"我"?"我"的哀思无法传送,在这萧飒的秋风里,"我"绵绵的思念被无情吹散,更显悲凉,或许,这便教"我"懂得了思念的惆怅。

作为一个旅途人,"我"已经习惯了游子的生活,旅途多辛苦,有多少的思念就有多少的辛酸泪,人生不就如此吗。不远行,不懂思念;不远行,不懂牵挂。"我"虽然人走在旅途上,但"我"的心始终都系在一个地方,那就是远方的家。有了家,"我"便有了根,有了根,"我"便有了落脚点。

秋风还在萧飒地吹着,而"我"和瘦马也重新踏上了古道,相依为伴着的"我们"在旅行的道路上渐行渐远,听着昏鸦时不时发出呀呀,呀呀……的叫声,"我"知道,"我"的心已经回到了"我"深深思念的故乡。

(容伶枝)

第六部分 06

明清时期

桃花庵歌

唐寅

桃花坞里桃花庵，桃花庵下桃花仙；桃花仙人种桃树，又摘桃花换酒钱。酒醒只在花前坐，酒醉还来花下眠；半醒半醉日复日，花开花落年复年。但愿老死花酒间，不愿鞠躬车马前。车尘马足富者趣，酒盏花枝贫者缘。若将富贵比贫者，一在平地一在天；若将贫贱比车马，他得驱驰我得闲。别人笑我太疯癫，我笑他人看不穿；不见五陵豪杰墓，无花无酒锄作田。

【古诗新译】

桃花如屏的深处，一幢雅致的院子若隐若现，
别墅里的才子呵，手捧琼浆玉露，遥看漫山粉桃。
凉风拂过，桠枝花瓣纷纷掉落，像纷飞的粉色蝴蝶，
偶尔几瓣落在那才子手中，韶华不再，唯有余香。
才子手捏那柔柔的花瓣，嘴角笑意连连，
是在诧异那花儿的美，
还是在心中估量着美酒与桃花。
树下，美酒佳肴作伴，

酒醒人恋桃花树，恋的是那灼灼桃花。
酒醉人梦桃花庵，醉的是那绵绵酒香。
半醉半醒，花开花落，已是物换星移。
愿长伴在花树下，愿长眠在花酒中，
也不愿置身于浊世的繁华。
你说我状若疯癫，
我笑看君王将相身后事，
无花无酒，墓为田，
又奈何？

【作品赏析】

读《桃花庵歌》仿佛掉入一个花与酒的仙境，扑面而来的缠绵花香，醇厚浓烈的酒香，让人流连忘返。

全诗由远及近，描绘着桃花的世界，虽然满眼都是花、酒等世俗之物，却不禁让人备觉舒雅，心情不觉随着那清新又艳丽的画面、辗转反侧的柔情以及回旋反复的音律慢下来，一起进入那潇洒的神仙生活。

那个曾经风流放浪的才子，如今沉睡在花与酒的美景里，每日每夜都在花前月下与酒相逢，此刻的花与酒已不再是那些俗物，已然成为他身体的一部分，寄托着他的才思，承载着他的浪漫。

与此相对的是红尘中那些达官显赫的优渥生活，车尘马足，天上人间。但诗人已不愿在那浊世里为这些荣华折腰，只愿结缘于酒盏花枝。寥寥几笔的富庶生活，已表明诗人的志趣不在此，而是在那得闲的贫者乐。此番看破贫与富的睿智,展现了诗人历经世事之后的大彻大悟,跳脱了世俗的束缚。良辰美景、闲情逸趣才是他人生的追求。

也许有人并不懂得其中的妙趣,认为诗人"太疯癫",诗人却以纵观历史的态度,淡然面对:那些曾经叱咤风云的君王将相,如今又在何方?纵使他们生前有享用不尽的美酒佳肴,现如今连我正享用的这些低劣的花酒都无法企及,甚至连坟茔都被当作耕地,他们又能做什么?

这样的轻狂傲慢,这样的洒脱不羁,豪情之下其实隐隐透露着其怀才不遇的孤独。卿本佳人,奈何知音难求,世人皆醉我独醒,只好"桃"之夭夭,寻个人间仙境,度过余生。不知他流连在那酒香花粉之中时,是否还记得曾经的凌云壮志,是否还记得曾经的热血沸腾?

全诗读来清新淡雅,言语间不事雕琢,浑然天成。那字里行间带着的潇洒,像极了唐寅高雅的为人,宠辱不惊闲看花开花落,这也让这首《桃花庵歌》更深入人心,一个美妙的人间仙境就这么留在世人心中。

几百年前的《桃花庵歌》至今读来仍有淡淡桃花香,仿佛可见桃花雨滂沱,树下才子怀抱酒壶,酣睡其中而不自知。

(周怡童)

木兰花令·拟古决绝词

纳兰性德

人生若只如初见,何事秋风悲画扇。等闲变却故人心,却道故心人易变。

骊山语罢清宵半,泪雨霖铃终不怨。何如薄幸锦衣郎,比翼连枝当日愿。

【古诗新译】

如果相爱像初识般,奈何秋扇之悲上心头。
故人之心轻易离去,反说世间情爱易冷却。
骊山蜜语萦绕耳旁,雨夜铃声袭来双泪下。
身旁薄情的负心郎,不及唐皇盟誓令人恋。

【作品赏析】

这首词借用班婕妤失宠、唐明皇与杨玉环骊山盟誓这两个典故道出了爱情之悲,以一个女子的口吻控诉男子的薄情寡义,并与之决绝,让人感觉是一首爱情诗。可在顾贞观的《纳兰词·原序》中写到此词是"拟古决绝词,柬友",由此说来作者是借"闺怨"之情来抒发对朋友的毅然诀别之情，以此表达朋友间相处应像男女相爱那般忠贞不渝、始终如一。但纳兰性德没有想过与友人分别，且在苏缨著的《纳兰词典评》中说，作者拟古拟的是《白头吟》中："闻君有两意，故来相决绝"的决绝词，而此诗同是表达男女相爱之事，所以孰是孰非，我们尚且不能评判。

但从此词的整体来看，爱情气息甚浓。首联"人生"一句被我们奉为经典爱情句，连安意如也对此高度评价。后半句则运用了比拟、借代的修辞方式，把秋风比拟成人在怜惜画扇，并借秋扇被弃置一旁的命运写出了班婕妤等女子被抛弃的悲惨人生，从中渲染了一种哀怨凄婉的氛围。整句由初见爱情之美瞬间拉到残酷的被弃现实，通过对比形成强烈反差，其落差感更增添了此词的悲伤色彩。颔联则化用谢朓的《同王主簿怨情》"故人心尚永，故心人不见"一句，道出世间情爱本就是这般变化无常，更不必说拥有后宫佳丽无数的君主，从此句就可知道班婕妤等佳人命运之悲的缘由了。颈联与尾联写到唐、杨之爱不得，后唐明皇作《雨霖铃》一曲，用来悼念两人的爱情故事，"雨霖铃"这个意象便成了作者笔下离愁别绪的象征。这两句写出唐明皇与玉环作决绝之别，表达了唐明皇的薄情，但可从侧面折射出词人与其爱人间至死不渝的情感，委婉表达作者做得虽不如唐明皇山盟海誓那般动容，但情感忠贞，绝不是薄情之人，希望亡人不生怨。

这首词实写女子面对男子的抛弃而徒生怨恨与伤感，但其中暗藏着词人对友人真挚的情感，所以说是一首爱情诗也不为过。

（曾敏仪）

采桑子·谁翻乐府凄凉曲

纳兰性德

谁翻乐府凄凉曲?风也萧萧,雨也潇潇,瘦尽灯花又一宵。
不知何事萦怀抱,醒也无聊,醉也无聊,梦也何曾到谢桥。

【古诗新译】

　　屋内,我在翻看乐府诗;屋外,正风雨潇潇。灯花越来越暗了,一晚快要过去了。

　　也不知道是什么事在作怪,无论醒着还是在梦里,我都觉得百无聊赖。即使是做梦,也不曾梦到心仪的地方。

【作品赏析】

　　这首词为纳兰性德所作,全词调子低回婉转,悲凉凄切。读罢,催人顿生惆怅之感。

　　上阕第一句"谁翻乐府凄凉曲",作者在此下了一个设问。"谁"实质是自指。"乐府凄凉曲",乐府是由音乐机构演变来的诗歌名。两汉乐府诗写尽人生百态,苦乐无常,爱恨交加,乐生恶死。后世采用乐府旧题写诗的,亦多悲情之作,故乐府诗多凄凉调。这凄凉二字,也是作者此刻心境的写照，它奠定了全文的感情基调。后两句写风雨，写灯花，以萧瑟清寂的环境烘托作者内心的苦闷惆怅。上阕的画面感极强，二十余字，仿佛令人看到三百多年以前那个晚上：窗外风雨潇潇，作者坐在案前翻看哀伤的乐府曲，直到深夜，灯火阑珊。

下阕是作者心理描写，言语浅近，直接剖析内心感觉。作者自己也说不清究竟是什么事使自己心神涣散，醒也好，醉也好，都觉得百无聊赖，即使是梦境，也不曾把自己带到一个心仪的地方。"谢桥"即谢娘桥，相传六朝便有此桥。指的是情人约会的地方。作者在此说的就是自己很想在梦里见到心爱的人儿，可惜天公不作美，连这个微小的心愿都不能实现。下阕其实是上阕那种惆怅、无聊的心绪的延续，并且把它深化，淋漓尽致地表现自己幽怨的内心和百无聊赖的状态。

纳兰性德曾经说过："我是人间惆怅客，知君何事泪纵横。断肠声里忆平生。"那么他为何事终日惆怅呢？表面上，他贵为皇帝侍卫，极得龙恩，又出生显贵，才气纵横，何苦之有啊？殊不知他生性率真，深情厚生，不屈官场陋习，又与妻子卢氏伉俪情深。而卢氏的早逝，容若为此伤心不已，故作了若干诗篇深致悼念。从这首《采桑子》整体来看，虽然作者说"不知何事萦怀抱"，其实也应该是因伤卢氏而起的。失去心爱的妻子，容若唯有只觉活在人世更苦闷彷徨。

从艺术上看，这首词极能体现容若的风格，不事雕琢，白描刻画，运笔行云流水，感情真挚。诗词乃是性情之物，或许也正是纳兰性德那样有真性情的人，才有那样灵动自然的词。

（莫维莎）

琵琶仙·中秋

纳兰性德

碧海年年,试问取、冰轮为谁圆缺?吹到一片秋香,清辉了如雪。愁中看、好天良夜,争知道、尽成悲咽。只影而今,那堪重对,旧时明月。

花径里、戏捉迷藏,曾惹下萧萧井梧叶。记否轻纨小扇,又几番凉热。只落得,填膺百感,总茫茫、不关离别。一任紫玉无情,夜寒吹裂。

【古诗新译】

青天年年岁岁依旧,无妨问起,皎皎明月究竟为谁而阴晴圆缺?秋风吹拂,一片桂花香,月光如雪,花田满清辉。愁绪满怀,强看良宵美景,无奈竟幻成悲戚呜咽之状。如今形单影只,怎堪再度对视昔时的明月。那时幽香花径里,嬉戏笑闹捉迷藏,曾叫井边梧桐树叶絮絮飘飞。是否记得那把轻佻的小纨扇,又经历了几轮春秋。现只剩下,百感交集缠心,茫茫黯淡一片,无关离别之事。纵任紫玉笛吹奏裂开凄寒夜景。

【作品赏析】

容若之词，隽美韵足，所设之境通流其情，表意婉约敛绪，手法独特避俗，观完全词，向有蕴藉无穷，回味涤心之感，其用典据经工夫尤为出众，常移古词句以为达情释意之用，且借用安置自然通透，少有强用之嫌。此词《琵琶仙·中秋》当亦不例外，为吾颇为眷爱之作，每每诵读，不免意兴难消，只缘其境深情切，故复读几回，沉醉其间。

此作开头"碧海年年"便惹来不少学术纷争。据《饮水词笺校》所言，碧海应指青天；可晁补之《洞仙歌·泗州中秋》中的"青烟幂处，碧海飞金镜"却道出反音，提出明月是从碧海上升起的，所以此处碧海应作大海解释。两种解释皆有可取之处，但吾愚以为开头"碧海"二字，当以"青天"作解更为恰确。我们可先取"试问取、冰轮为谁圆缺"分析，冰冷的皎月究竟为谁圆缺变迁呢？此为动势，对照前面，"碧海年年"应是静态，如大海，不免有潮起潮落，狂澜微波，而青天，无论岁月变迁，依旧不动声色，相较之下，吾更倾向"青天"之意。之后，秋风起兮，一波一波来袭，闹得桂花飘香，香气馥郁，弥散万里；轻柔的月光洒满桂花田埂，明透洁银似雪。此刻，满富秋意美，契景而欢。不料容若欢兴淡却，继而一股愁绪渐生，反就愁里观景，朗空皓月夜，于他而言不过尽是一片呜咽悲戚，惨淡顺着抽泣声化成血泪。忽想今时形单影只，凄楚对月，哪里经受得起与旧日明月的再度邂逅？忆想旧日月夜，在花香散漫，幽曲迂回的小径中，他与某位伊人在醉心嬉玩，戏捉迷藏，谈谈笑笑，跑跑停停，惹得井边梧桐树叶随风飘扬，萧萧发响为其鼓奏气氛。此外，还记得那把轻纨小扇，在纤指腹间牵动下左右招摇摆动，细风中互相絮语，经历好几番清凉送走炎热的缠绵纠结，对视腼笑。一切多么舒心、惬意、愉悦，如今变成一场空，只落得百感交集，愁绪满怀，总归茫然失色，但他又说"无关离别"，在我看来，并非无关离别，而是不止离别，离别之余，兼糅其他情感，许是对往日伊人的想念，许是对昔时嬉玩的眷念，许是对先前交心的留恋……见仁见智，由心而感而发皆入理。情走至此，于是他干脆放开内心郁结，任凭紫玉之笛无情吹裂寂寒的夜色，犀利之音震彻心肺，只剩一曲余哀！

　　此词菁华之处大有所在，吾非大家之辈，只得浅尝辄止，深究内里怕是心力不济，因此呈为上述之浅析，愿与同好者共谈共赏！

（黄柱波）

画堂春

纳兰性德

一生一代一双人,争教两处销魂。相思相望不相亲,天为谁春。

浆向蓝桥易乞,药成碧海难奔。若容相访饮牛津,相对忘贫。

【古诗新译】

一生一世天造地设的一对人,却偏偏不能在一起,两地分隔。春光里,相思相望,却又不得相见,真是凄凉憔悴,独自黯然销魂。也不知上苍究竟为谁,造就春天。

一为裴航,为梦想,乞浆蓝桥,而得妻云英;一为嫦娥,千里行,窃不死药,而飞奔月宫。如果你我能够像牛郎织女一样,在天河见面,即使我抛却荣华富贵也心甘。

【作品赏析】

纳兰性德,自幼饱读诗书,文武兼修,甚至曾经有人说,纳兰性德就是《红楼梦》中贾宝玉的原型。对于这位多情才子,想必人们最熟悉的是那句"人生若只如初见,何事秋风悲画扇"。而这首《画堂春》亦是相当感人。

《画堂春》开篇便是"一生一代一双人，争教两处销魂。相思相望不相亲，天为谁春"。上片说相亲相爱的"一双人"无端被拆散，不曾交代相关故事，也没有具体情节，这句话有唐代白居易的意蕴，没有丝毫的装点，就像是个素面朝天的女子，凭借着颇有天姿的底蕴。这样的句子，看似语不经心的构思，也没有语为惊人的推敲，更别提诗囊行吟的揣摩，只不过是脱口而出，再无其他道理。然而窃以为这却是本篇诗词的精华所在，个人而言最喜欢这句。

下片转折，接连用典，"浆向蓝桥易乞，药成碧海难奔。若容相访饮牛津，相对忘贫"。这片用典很讲究，接连用典而不显生涩，丝毫没有堆砌的感觉，仿佛间又有唐代李太白的逸风。"浆向蓝桥易乞"指的是裴航的故事，裴航回京途中与樊夫人同舟，裴航行到蓝桥驿，偶遇云英，因樊夫人指点，向云英母亲求婚，云英母亲要求裴航找到玉杵为聘礼。裴航找到之后终与云英成婚。这句是说像裴航那样的际遇对于纳兰容若来说并非难事。而"药成碧海难奔"指的是嫦娥奔月的故事，用纵有不死灵药也难以上青天来比喻纵有海枯石烂的感情也难再与情人相见的无限恨事。

最后两句说的是如果有朝一日能够相依相偎，便是贫穷也无所谓的美好愿望。这两个典故用的是截然相反的意思，在一起不显冲突，甚至还有互相推动的感觉，这是难得的。诗词要么就少用典，要用就用到大音若稀、大象无形的境界，纳兰容若显然是用典的大家，用典用得举重若轻。

整首词表达了词人对情人的思恋、对相爱之人不能在一起的愤恨与无奈，以及对爱情的怀念与期待，可谓是可悲可叹亦是可惜。

（郭基豪）

代别离·秋窗风雨夕

曹雪芹

秋花惨淡秋草黄，耿耿秋灯秋夜长。已觉秋窗秋不尽，那堪风雨助凄凉。助秋风雨来何速？惊破秋窗秋梦绿。抱得秋情不忍眠，自向秋屏移泪烛。泪烛摇摇爇短檠，牵愁照恨动离情。

谁家秋院无风入？何处秋窗无雨声？罗衾不奈秋风力，残漏声催秋雨急。连宵脉脉复飕飕，灯前似伴离人泣。寒烟小院转萧条，疏竹虚窗时滴沥。不知风雨几时休，已教泪洒窗纱湿。

【古诗新译】

时值深秋，潇湘馆内的花园里已是群芳凋敝，落英缤纷，连不知名的小草都已枯黄，平日里花红柳绿的生机没有了，有的只是一片衰败。屋中的油灯经常更换，摇曳的灯光见证着秋夜的漫长。近来，黛玉身子不好，整日无精打采，每天就做一件事，呆呆地坐在窗前，窗外颓败的景象已然渲染出深秋萧条的气氛，几日连绵的秋雨更是助长了秋的寂寥。这天深夜，雨还在下着，忽然间，乌云遮月，紧接着，狂风大作，花园中老树早已落光了叶子的枝丫被风吹得直响，窗户也跟着响动起来，"嘎吱、嘎吱"。一向睡眠比较浅的黛玉早已被惊醒，梦中一片绿色的欣欣向荣之景还在眼前，感伤着萧瑟的秋意，迟迟难以继续入睡，移步坐在窗前的桌上，桌上灯架的烛光闪动着，灯芯越来越短，蜡烛的眼泪向四周涌，秋风穿过已被吹开的窗户，烛光摇曳，烧着旁边的灯台。看着眼前的蜡烛，万般愁绪涌上心来。

谁家的小院儿不受秋风的洗礼？谁家的窗儿外没有淅淅沥沥的雨声？这柔软的丝绸被怎么能耐得住秋风的侵蚀，夜里将尽的更漏声已经响起，秋雨下地更急了。一整夜秋风嗖嗖地响，雨声也和着风声，仿佛陪着灯前难以入睡的黛玉哭泣。一夜的风吹雨打之下，小院里散布着各种断枝残叶，更显萧条，窗前的竹林仅有的几片竹叶上还滴着雨珠。不知道窗外的风雨是何时停止的，倚着窗户坐了一夜的黛玉黯然伤神，拿起手帕揾干眼角的泪花，低头发现窗纱早已湿透。

【作品赏析】

《秋窗风雨夕》一诗共十联，二十句。其中描绘了"花""草""灯""窗""风""雨"等十多个意象，这些意象的组合形成了一幅又一幅的画面。画家讲究"神态势韵气趣意"七个字，笔者将从此七字品鉴此诗。

"神"在我看来，将其理解为贯穿于全诗的线索比较好，这条线索也会反映出诗的灵魂。在这首诗中，"秋"就是这条线索，也是全诗之"神"。"秋"字在诗中一共出现了十六次，几乎句句都有，频率是相当高了。作者使用"秋"字的方法比较单一，基本是在每个意象之前作为前缀使用，如"秋花""秋草"等，这样便使得每个意象都具有了秋意，全诗的萧瑟寂寥之感也就油然而生。通篇读来，最影响心绪的就是萧瑟寂寥的秋意。

"态"者，形状、状态也，要分析诗的"态"当然还是要抓住意象。先说前两句，花是惨淡的，草是枯黄的，灯是微明（耿耿）的，夜是长的，四个意象的"态"都是统一的，都是萧瑟的，与诗之"神"是一致的。再说"寒烟小院转萧条，疏竹虚窗时滴沥"一句，小院笼罩着雾气（寒烟）更显萧条，院里竹子是稀疏的，窗户上还滴着雨滴，从这句就可看出作者描写之功力何其深厚，既抓住了小的意象的形态，也抓住了大的氛围，小中衬大，大中寓小，二者相互作用，秋意鱼贯而出。

"势"，事物力量表现出来的趋向。在全诗中，最能反映诗之势的是"那堪风雨助凄凉"这一句，在此句之前，衬托秋意的都是一些花花草草等小的景物，风雨一来立即增加了诗的节奏，更加剧了"秋势"。风雨的到来惊醒了梦中的主人公，为寂寥的秋夜增加了几分动态的力量。秋意便更浓烈、更精彩了。

"韵"是诗的格律。先看前四句的尾韵，"黄""长""凉"押的是"ang"韵，以此韵开头倍显悲凉，一种苍凉油然而生。后文还有押"ing"韵的。本诗韵尾的韵律虽不甚工整，但诗的节奏感已然不错。全诗多用"秋"字反复，更增加了诗的节奏感。

"气"者，精神状态也。全诗秋意盎然，弥漫着一种颓唐之气。本诗出自《红楼梦》第四十五回，此时的黛玉身体不适，卧病在床，看窗外萧条景象，不免颓唐。"秋花惨淡秋草黄"，自然界的花草已然没了生机；"那堪风雨助凄凉"，风雨的到来使潇湘馆更显萧瑟。这股颓唐之气来自作者心内，发于诗篇，便贯穿于诗，与这秋意相呼应。

"趣"，兴味也。在我看来，全诗最有味儿的地方就在于"泪烛摇摇爇短檠，牵愁照恨动离情"这两句。在风的吹动之下，烛光摇曳，烛焰摇动着烤着承载蜡烛的灯台。这一幕在我们日常生活中经常会看到，可到了黛玉的笔下，变得异常生动有趣，当然，这趣味儿与整篇悲凉之感也是不冲突的。

"意"，人流露的情态也。要说清楚这一点就需要结合此诗的创作背景了。本诗出自《红楼梦》第四十五回，此时的黛玉已在贾府待了很长一段时间，在与宝玉的相处之中也已经知心知意了。但父母双亲去世了，家中无亲人的她只能寄居在外祖母家，寄人篱下自然会觉得孤独无依。在这样一个风雨交加的夜晚，看到窗外萧瑟之景的黛玉，孤独之感自然涌上心来。除此之外，黛玉肯定也会为自己未来的前途、为自己与宝玉的将来忧心，将此"意"读出之后，可谓催人泪下。

（李凯）